古山子 고산자

《大東輿地圖》的奇蹟復活

朴範信 박범신——著
李淑娟——譯

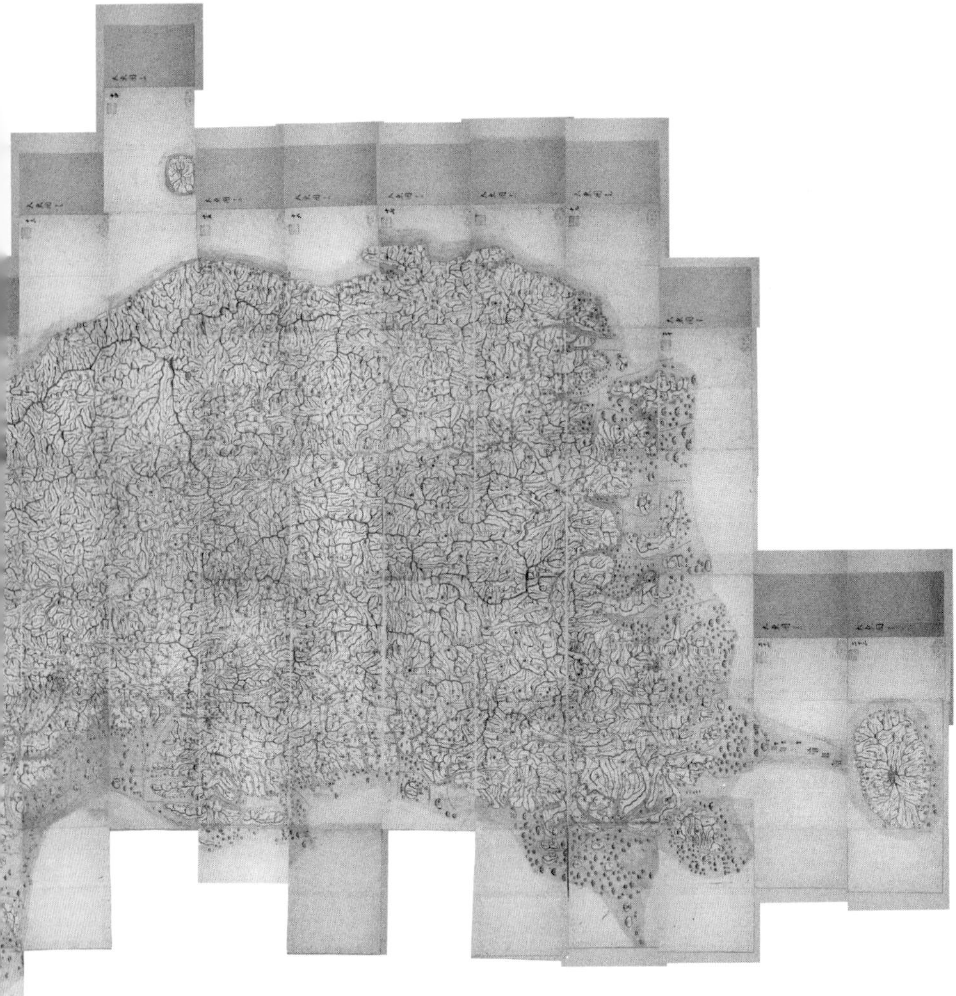

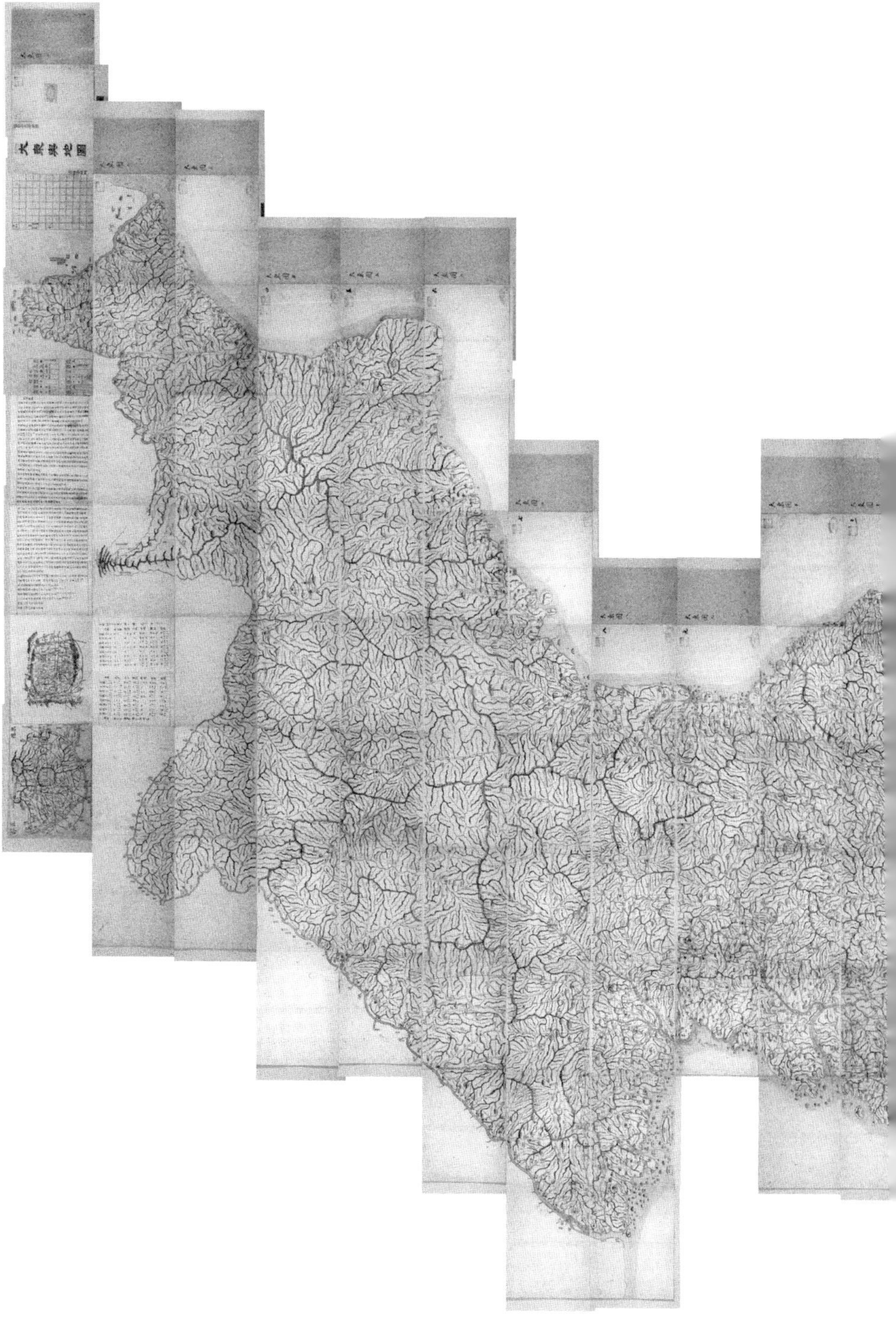
大東輿地圖

目次

譯序

游移的邊界・文化的路徑
——一幅地圖的提問

李淑娟

《大東輿地圖》是朝鮮民間地理學家金正浩（號古山子）繪於一八六一年的朝鮮半島地圖。這長六點七公尺，寬四點二公尺，以分帖折疊式製作的巨幅地圖，不管是從地形疆域定位的精準度，凡例標記的科學化，還是從所承載的軍事、行政訊息的豐富量來看，即使將之與現代測量科技製成的地圖併置，其成就也絲毫不遜色。因而《大東輿地圖》被譽為凝聚了朝鮮民族地圖製作傳統的巔峰之作，是代代韓國人引以為傲的國寶。

《大東輿地圖》製成之後即被廣泛運用在軍事、民生上，更在日俄戰爭軍事活動中產生重要影響，但對該地圖的製作技術、地理學傳承上的意義等方面的考證研究遲至上個世紀八十年代才正式展開，至今人們對該地圖的認識已逐步深化。與此相較，關於地圖繪製者金正浩的文獻卻寥寥無幾，除了朝鮮學者崔漢綺所寫的〈青邱圖題言〉、李圭景的〈萬國經緯地球圖辨證說〉和〈地志辨證說〉、申櫶的〈大東方輿圖序文〉和劉在建的《里鄉見聞錄》中的簡短記載之外，人們對其人其事一無所知。金正浩的知識背景、製作地圖的動機、製作地圖的過程，乃至他可曾有過愛恨情仇，民間雖有種種傳說，卻從來都只是臆測，未能證實。因而金正浩可說是韓國歷史、科學上的一個待解的謎。

歷史斷裂之處卻正是小說家大展身手的機會。二〇〇九年，韓國小說家朴範信以小說手法對這個歷史之謎給出了自己的想像。小說以倒敘展開，從古山子歷經十數寒暑，終於完成地圖的那一瞬切入，在深沉節制卻力道遒勁的筆觸下，讀者彷彿感受到古山子血脈悸動的勁道。小說裡，古山子是一個有愛有恨，時而通情達理，時而固執不通的凡人。出於天性，古山子自幼對天文地理的奧祕充滿好奇，而幼年困頓曲折的境遇更促使他走上探尋朝鮮地理的不歸路。對古山子來說，地圖不只是地圖，而是他的生命。如果說，在他的思維裡，山脈就是朝鮮半島的骨骼，水路是其血脈，那麼小說中，古山子的筋脈血肉也融進了朝鮮半島這塊沃土，與之結合為一。古山子與惠連師父的一段奇緣，讓古山子踏遍千山萬水的腳步時而沉重，時而輕躍，與惠連重逢的一幕，燭影飄搖，如真似幻。因而讀者可以把這小說當成傳奇來看，這樣閱讀，古山子的豪情壯志和浪漫奇情將帶給讀者無限遐思的空間。

只可以這樣讀嗎?當然不是。我們還可以將之作為理解朝鮮歷史人文風貌，窺探朝鮮、中國和日本之間的疆界糾葛，乃至作為理解東亞政治文化論述的一個窗口。歷史小說雖為虛構，卻從來就宿命地必須戴著「史料」這個鐐銬起舞。小說家如何補綴零碎片段、矛盾對立的歷史碎片，縫補歷史的空隙，逼近那曾經發生過的，特定的時空場景，進而與之對話？我們將看到，小說家連綴史料的斷簡殘篇和朝鮮名士所留下詩文散句，描摹重現朝鮮實學派學者們審度時事，辯論國政的面貌風姿。在古山子踏遍千山萬水勘察地理水文的旅途中，朝鮮壯麗的土地和邊界疆域的變遷如在眼前；在古山子因地圖而深陷政治權謀鬥爭時，朝鮮實學派與威權官吏的衝突周旋、鬥爭角力的場景讓人驚心動魄；在古山子深入山鄉野地時，那些在困頓環境下卻堅韌不屈、充滿活力的平民形象讓人陡生希望。可以說，小說家以「虛構」之姿，卻意外地呈現了一個似乎可觸摸到的朝鮮人文面貌。

看到這裡，關注東亞地域歷史文化的讀者應該會敏感地感知到，這本小說不只可以當做一個朝鮮地理學家的傳奇故事來看，更可以放到近來逐漸清晰的東亞歷史文化論述場域來閱讀。真實情境裡，在日本總督府的《朝鮮語讀本》（一九三四）中，古山子的結局被描寫為，昏聵無道的大院君擔心地圖若流入外人之手將危及自身權力，因而羅織罪名，致古山子入獄受刑而死。這個暗藏著殖民史觀意圖的「敘事」，在相當長的時間里廣為流傳。小說家如何開創新的敘事方向，建構韓國歷史主體性？還有，朝鮮半島邊界疆域自古即為多方勢力角逐較力的空間，小說家如何分解古山子在地圖上對間島、獨島、鹿屯島的呈現（或不呈現），其實蘊藏著當代知識分子在韓國歷史文化主體性建構上的思索。在當代，疆域邊界的界定仍是韓國與中國、日本乃至俄國之間錯綜纏繞的議題，也因此，《大東輿地圖》不僅僅是一個過去的文物，更是聯繫未來，可引發更多想象的起點。

從近現代歷史、政治範疇來看，韓國與台灣境遇相近，其實有許多可以相互借鑒的地方。然而受限於某些現實因素，韓台現代文學的譯介交流尚待深化。我真誠地希望透過這本小說，能觸動台灣讀者對韓國近現代文化的初步想像。也相信，素以題材面廣，書寫風格多變的朴範信作家在這小說中所呈現的虛實交錯的獨特敘事手法，能觸動台灣讀者的心。

最後，這本書得以順利呈現在台灣讀者眼前，首先要感謝韓國大山文化財團的全力支援，更要感謝印刻出版社初安民社長的慧眼及江一鯉、宋敏菁兩位女士在編排、校稿上的細心協助。最後要感謝我的恩師金垠希教授對我的點撥與支持。

於全羅北道乾止山下
二〇二一・八・八

此書謹獻給

一生高節亮志（高山子），
孤清決絕（孤山子），
夢想著依傍古山（古山子）※，
逍遙如清風的金正浩先生。

還要獻給

懷抱著對疆土的摯愛，
為繪製地圖付出畢生心血的所有朝鮮王朝的地圖專家們。

※金正浩先生自稱「古山子」，韓文中「古」和「孤」及「高」三字同音，因此作者刻意另造了「孤山子」及「高山子」兩個名號。

第一章

地圖的起源

古有名士，因懷有對國家疆土的摯愛，奉獻出畢生的精力，繪製了朝鮮江山的起點和終點、過去和未來、形象和效用、要塞和危厄，最終，與這江山渾然合一，此名士，即古山子。先生一生孺慕山嶽，更希冀能像那古山，依傍古山逍遙一生，因而自稱「古山子」。

白色的影子

地上形高端士立
波心影動老龍翻
精神秀發江山色
氣勢高撐宇宙形

——李重煥，《擇里誌》

屏息片刻，他提起毛筆。

才寫出「地圖類說」四個字，指尖就傳來一陣震顫，就像雛鳥拍擊的翅膀輕輕掃過小指尖似的。

運筆之要，在虛掌實指。

握筆要牢實穩當，忌鬆散滑脫，手心要放空，方能運筆自如。呵，沒能放空的是我的心哪！他握著筆，靜靜地閉上了雙眼。東邊窗扉開始泛起一片微曦，看來已是破曉時分了。

何時離開故里的呢？

是嘉山之亂平定後，自稱平西大元帥的洪景來[1]死於安平道定州那年的春天，算來已經悠悠五十載。在確認了父親屍體之後的一個拂曉，只背著一個包袱就告別鄉里。微明的晨曦中，兔山崁一帶迷離模糊的山川草木此刻影影綽綽地閃現眼前。在這悠長的歲月中，已經將《青邱圖》、《東輿圖》、《東輿圖誌》還有《輿圖備誌》呈現在世人眼前，然而那些都不過是這次完成的《大東輿地圖》的準備步驟而已，他心想。

全部心力都投注在繪製地圖上，這五十個寒暑有時像轉眼而逝，有時又像五百年似的那麼緩慢悠長。大凡走過的皆如此吧。此刻，就待落筆寫出序文，《大東輿地圖》將告成，這一瞬，怎麼能不顫慄激動呢？

好半晌，他慢慢地調勻呼吸。

文章早已構思妥當。花了五十個寒暑，一個針腳一個針腳，密密紮縫而成的文章哪。他調整呼吸，待一吐一納如秤砣般稱勻，片刻後才以無名指指尖抵住筆桿，平穩而端正，一股虛空之氣幽緩地注滿掌心，那感覺如此美好。他倏地睜開雙眼，幾乎就在同一瞬，筆尖落向韓紙[2]正中，寫出：

說者曰　風后受圖　九州始布　此光圖之始也

此為序文的首句。

正如他所期待的，筆勢力道遒勁而不失柔和，一撇一捺生動靈轉，橫筆和豎筆也收得恰到好處。傳說，風后受圖之後，照著地圖安排好九州，那是世上最初的地圖。風后是上古黃帝時代的人，曾寫出風后兵法十三篇，還繪製了地圖十三卷。當然，當時風后所繪的九州地圖未流傳下來，無緣得見。這時，紙糊門窗發出咧咧的響聲，臘月底朔風正凜凜地肆虐著。

他調勻呼吸，就勢寫出下一句。

山海有經　為篇十三　此地誌之始也

1 洪景來（一七八〇—一八一二），朝鮮王朝平安道人，出生在沒落貴族家庭，一八一一年發動兩西大亂，失敗後遭射殺。純祖實錄中將洪景來冠以「舉兵逆魁律」的罪名。

2 韓紙，韓國依傳統工法製作的紙張，原料為楮樹皮，非常有韌性，還具有通風效果，可保存千年以上。主要用來在書寫及繪畫上，還廣泛地使用在各種生活用品或工藝品。韓紙的發明可上溯到高麗時代（九一八—一三九二），現被世界文教組織指定為記錄文化遺產的韓國文化遺產。

《山海經》裡有十三篇注釋，對山嶽湖海作了說明，這就是地誌的起源。地誌是將地圖上無法一一詳列的資料，如地方沿革、官吏體系、古邑、風俗、戶口、封山、鎮堡、鎮營等種種資料，依照編目分類記錄成的書籍。有了地圖，一定得有相應的地誌，如此，自然山河和人類生活才能有機地結合起來。也就是說，地圖和地誌必須相互配合，才能各盡其用。這次《大東輿地圖》版刻完畢之後，下一步當然就是著手編輯《大東地誌》。

周禮 大司徒以下職方 司書司險之官
俱以地圖 周知險阻 辨正名物

寫到這，他擱下筆。

不是沒有句子可寫，而是無法寫下去了。不知何時，淚水已漫過臉頰，潤濕了嘴角，順著下頜往下流，一滴，兩滴，滴落在褲腳上。悲傷，不知不覺地悄悄漲滿整個胸臆。

《周禮》，記載的是周代的官制。

寫在三千多年前的這文章，記載著大司徒之下的大小官員已透過地圖來判斷地形地勢的險阻和惡瘠，分辨各地產物的差別和優劣，這些文字穿越重重疊疊的風塵歲月，擾動了埋藏他心中的記憶，隨即又飄然而去。淚水，一旦湧出就如同雨水般無可抑制。不止淚如泉湧，垂死者的呻吟更縈迴耳畔，久久不去。

啊，父親……

他張開嘴無聲地呼喚著。

那聲音，乍聽像是父親的悲鳴，轉眼又變成水塗大哥的呻吟；一會兒像水塗大哥的悲鳴，一會兒卻又變成石頭父親的呻吟；彷彿是石頭父親的呻吟，又彷彿是自己父親的哀鳴。那因挨餓受凍而死去的無數冤魂，他們瀕死前痛苦的模樣，讓他不知不覺地退到牆角，無力地垂坐下來。早在三千多年前，先民們就已懂得依靠地圖來避開險惡粗瘠的土地，安居樂業地生活，反而在如今這樣一個工商學發達，崇尚直觀的實物價值，標榜實事求是、利用厚生的光明世界裡，父親一行人卻因信任官府交付的地圖而深入野山，最終因尋不到出路而集體冤死荒山，面對他們瀕死前的掙扎嚎泣，誰能不動容呢？

門縫紙繼續發出急促而刺耳的聲音。

他緊緊曲起雙膝，將額角靠上去。

好半晌，他就保持著這姿態，靜靜地等待那盤旋在記憶之谷的颶風掃過。回想起來，這所有的一切都始自父親的死。現在，《大東輿地圖》的版刻一旦完成，那樣的冤枉慘死就再也不會發生了。只要一打開地圖，天地四方一覽無遺，且分成二十二帖，個別摺疊後隨身攜帶相當簡便。那些深鎖在備邊司[3]和奎章閣[4]書庫裡的道別圖、郡縣圖，究竟有什麼用處呢？他認為，凡是地圖最要緊的就是易於辨識，便於攜帶，如果不具實用性，一切都只是徒勞。他年輕時繪製過《青邱圖》，而《大東輿地圖》之所以採取了與之不同的設計，以二十二帖製成可摺疊攜帶的分帖摺疊式的理由，也正著眼於此。

對他來說，地圖就等於是桿秤。

地圖，是日常生活的桿秤，也是世間一切的均衡錘，更是決定生死的羅盤。地圖不僅能幫助人們簡易便利地區分地形的險要與危厄、平緩與陡峭，廣袤與狹隘，遙遠與鄰近，更重要的是，在關鍵時刻地圖可輕易地扭轉生死，這樣來看，地圖怎能不說是百姓的桿秤呢？

回首望去，這一路跋涉真是狂風急雨、驚險陡峭啊。但他不曾後悔。

在父親孤魂的催促下他離開了故里，跋山涉水，逐風而行，一路走到這裡，他恨不得在版刻完成之前，將剛完成、還散著餘溫的手寫本親自呈送到父親靈前。

他拭乾淚水，端坐起來。

不該一口氣寫完序文的，何不先回一趟故鄉兔山崁呢？這念頭一浮現，心情不知不覺地就平靜下來。他打起跏趺坐，像山脈一般莊嚴地安坐著，屏息靜待黎明的第一道曙光射進窗櫺。幾隻冬天的留鳥在外面噗哧噗哧地盤飛，在窗紙上畫下白色的影子，有隻鳥振翅飛翔的樣子就像白頭山脈的山肩在起伏蠕動，另一隻鳥翱翔的姿態就像鴨綠江兩千零三十四里長的流水般，曲折盤繞。

他忍不住微微地笑了。

3 備邊司，朝鮮時代管理軍國機務的文武合議機構。朝鮮初期，文武官職分明，互不干涉。朝鮮後期發生倭亂和胡亂後，為制定有效對策，命武官與文官協商軍事方略，備邊司負責國家的政治、經濟、軍事和外交等全面事務。

4 奎章閣，朝鮮王朝的王室圖書館，一七七六年由正祖在昌德宮內成立，是朝鮮時代文獻的重要保存場所，之後其機能還擴展至政策研究及學術研究。

椵樹

古山子博攷廣搜，
嘗作「地球圖」，
又作《大東輿地圖》，
能畫能刻，印布於世，
詳細精密，古今無比。
余得一本，誠為可寶。
——劉在建，《里鄉見聞錄》

「啊，這些是什麼？」
他一見順實端進來的早飯，訝異地問道。

坐在炕梢上，拿著一塊松燃墨端詳著的石頭一聞聲，馬上湊了過來，瞥見小矮桌上擺著的早飯，立刻誇張地咧開嘴。剛放下小矮桌，還沒來得及直起身的順實瞬間雙頰泛起一片緋紅。

「哎呀，大哥，今天是您長尾巴的日子哪！」

桌上菜餚色彩鮮麗，有青綠的海帶湯，黃稠的大醬湯，拌了紅椒細絲的黃石魚醬，再配上烤得酥黃的黃魚。有這樣的菜餚，就算是堂上官宅邸的佳餚也沒什麼好羨慕的。

「這些，怎麼張羅來的？」

「昨天大哥您回來時我出去了一趟，丫頭哭著跟我說，這麼多年來您沒在家過過像樣的生日，我拗不過她，就……」

「我問的是……」

「版木夠用哪。我背了幾片版木出去賣啦。去年秋天砍來浸放在水坑裡的木料馬上就可派上用場了。我說大哥呀，東西該用時就得用，不然就跟廢物沒兩樣！」

「什麼？」

他一拍桌角，霍地站了起來。

把版木給賣了？真是豈有此理！辛辛苦苦弄來，又好不容易刨修成的版木，竟然為了一飽口腹之欲，賣給別人？如果家道富足，他會選木質堅硬的棗樹來雕印，就像惠岡崔漢綺[1]的《萬國經緯地球圖》一樣，不然還可以用檀木、紅楠木、白樺木等木料，選椴木只是因為便宜，而且刨製的過程也容易些。從萬里峴往孝昌墓的方向走，右邊是麻浦渡口，從那裡往下看，就可看見一片很茂密的椴樹林。那裡既不禁伐，也沒有修剪過的痕跡，就當是疏伐吧，他選了幾棵結實的砍了回來。那已經是兩年前的事了。

不久前，他還讓石頭到那再砍了幾棵回來。

砍下的木頭最好浸泡在鹽水裡，沒有鹽水，一般的水也可湊合著用。藥峴村和翰林洞之間有個大水塘，就把那些木頭砍成適當的大小浸泡在那水塘裡，待一段時間後泡出樹液，木質就會柔順軟化下來，光是這過程就得耗上一整年。要等石頭砍回來的木頭可用，那得足足再等上一年。再加上要讓木頭平整地曬乾，然後再用刨刀仔細刨平，那可真是又耗時又費事。這些版木，就跟自己的孩子沒兩樣，放鬆了怕逃跑，抓嚴了又怕捏碎，可說是歡喜冤家啊。

石頭他們倆再不懂事也不該如此啊！

他怒氣未消，轉身就走出房間。走到庫房邊的棗樹下，他用背使勁地頂樹身。樹上還留著殘雪，經他這一頂，雪片紛紛飄落。雖說石頭不該，但他的怒氣更是衝著順實丫頭發的。順實這孩子和自己一起辛辛苦苦地刨磨版木，怎麼會不清楚這些版木對老父的意義呢？

房子裡一片靜默。

照理他倆該追出來跪求饒恕的，但大概是明白這小小的過失招來的後果太嚴重了，反而噤若寒蟬。阿峴山脊那頭遠遠吹來的風，冷得叫人直打寒噤，天上積了一層厚厚的雲，看樣子就要下大雪了。他揉碎飄落在頰上的雪片，抬起頭望著棗樹頂端。這棗樹是在完成《輿圖備志》之前，為了確認編目資料的正誤而出發往全羅道的那天早晨和順實一起種下的，原本長在阿峴洞山崗上一戶人家門前，挖回來時大概兩尺來高吧。

丫頭，爹不在時，你看著這棗樹就當是看到爹吧。

當時十四、五歲大的順實聽了只一個勁地點頭，什麼話都沒說，那模樣現在彷彿就在眼前。這孩子剛被帶到這裡的時候，瘸著一條腿，身體病弱，一雙眼睛無神地凹陷在眼窩裡，誰跟她大點聲音說話，馬上就淚眼汪汪。沒有爹，還是孩子的順實獨自一個人，怎麼持這個家？吃的穿的又怎麼張羅？雖說石頭就住在不遠的麻浦渡口，老實守本分的驪州大嬸住得也近，但如果那時順實哭著死拖住父親不讓離開，也是人之常情。不過這孩子到底忍住了，什麼話都沒說。

那是著手繪製《東輿圖》之前的事了，算來已悠悠十多載了。

---

1 崔漢綺（一八〇三—一八七七），生平不詳，同時代學者的撰述也幾乎未見涉崔漢綺者，唯李圭景在《五洲衍文長箋散稿》中數次提及其姓名。崔漢綺留下相當多的著述，其學說以儒家傳統中極罕見的經驗主義為特色。

爹秋天回來！離開時他這樣交代了，然而，還是跟以前沒兩樣，一個寒暑，兩個寒暑，三個寒暑，他遲遲未歸。從內陸走到沿海，從忠清道繞到全羅道，然後到達南海，這樣一年就過完了；再從白頭山脈末端跋涉到慶尚道，裡外巡訪了一遭，然後越過太白山抵達五臺山，第二年就到了底了；接著跋涉過雪嶽山和金剛山，尋訪漢江水域河道的分合，沿途經過金城、鐵原、平康和信川，順道往上走訪了開京，再越過武學齋，這樣就又過了一年半。

回到家鄉，秋已深了。

一進家門，一眼就看見站在棗樹下的順實，活脫是個少女模樣。這些年，棗樹長得太快了，這丫頭怎麼追也追不上了。

爹……

從屋子裡迎出來的順實停在棗樹下，眼眶沁滿淚水，怯怯地喊爹的模樣現在還彷彿就在眼前。棗樹不知不覺已經高出順實好些，樹上結滿累累的棗子，可季節已過，棗子早已乾癟。

怎麼任棗子乾在樹上呢？

啊，想等爹回來再摘。

睽違三年半的父女，開口談的卻是這個。這麼說，三年來這丫頭從沒摘下過棗子來吃。是多麼深刻的思念，才能讓一個孩子忍下口腹之欲，聽任棗子在樹上腐爛呢？

回想那時順實的模樣，他心頭一酸。

正回想著，順實已經從屋子裡追了出來，跪在他面前嗚咽起來。這丫頭心眼小，連認錯的話也說不出口。說來，這錯不在他倆，反而在自己。自己何曾解決過家小餬口的事呢？他懊惱地嘖嘖咂嘴，又抬頭望向棗樹。

「大哥，您這也太過火嘍，一點也不懂丫頭的心……」

坐在木廊臺上的石頭開始叨叨咕咕起來。

他突然覺得有點兒尷尬為難，一甩手，轉身走進棗樹後面的庫房。裡面牆角上整齊地排放著刻好的雕版。

《大東輿地圖》的雕版工作近尾聲了。

椵樹原來就易裂，為了節省木料還把版木切分成不到兩寸的厚度，所以雕刻時得極度小心。加上需刻上的文字、線段和圖示是那麼繁多，一塊寬一尺三、長一尺的板上，得刻上那麼多村落的水文、山脈、歷史、人文等資料，還必須讓人一目了然才行。刻劃的先後順序若出了一點小差錯，往往就成了爛泥沼，前功盡棄。細如髮絲的線條也一點疏忽不得，加上木料有限得雙面刻，就得更加小心翼翼。這好比把世間萬物雕刻在人的背上一樣。若不是有石頭，他根本不會向任何人求助的。石頭很早就在麻浦渡口造船廠從刨裁木料開始學起，熬出一身純熟的木工絕技，在這一帶可說無人能及。

他拿起一塊還沒刻好的刻版端詳著。

是第二帖版木，首先映入眼簾的是茂山。

還沒刻完，在龍面、茂溪和豆滿江位置上端有張紙貼在上面，是張韓紙，上有毛筆騰抄好的地圖，倒貼在版上。雕刻時用的是凸雕手法，像繡花似的一刀一刻仔細雕刻。山嶽部分要依不同的高度區分出刻劃的粗細和模樣，水道則得雕得像蛇在蠕動，還得區分水界的裡外，線條絕不能中斷。地圖上驀然浮現昔日從茂山翻越甲嶺，通往白頭山的那條山路。

該是深秋吧。

他正獨自跋涉在漫山霜紅杳無人跡的山林裡，只靠樹上的果實和草根果腹。一天，飢腸轆轆地翻過大角山時，突然遇上老虎。那根約莫十年生的山參，大約就是在大角峰與甘土峰交接的陵線上挖到的。

險些就葬身老虎之口。

那天實在是餓得再也走不動了，就在大角山山麓的一塊岩石下找到一個可容身的岩縫，躺下身一邊嚼著山參，昏昏地睡了一覺。醒來睜眼一看，洞口赫然蹲著一頭老虎。可能是走近岩石縫時發現有人躺在裡面，老虎就蹲在洞口守著。那岩洞洞口相當狹窄，人還得貼地俯臥著才能勉強進去。老虎似乎等得無聊了，好幾次伸出前爪抓扒，差點就被拖出去。在那很久之後，曾有一回在秋風嶺附近的三道峰山麓也猛然撞見過老虎。還有一次，是在繪完《東輿圖》後經過平安道內陸，沿狼林主峰往西南展開的山脈前進途中吧，一隻老虎跑到長水山附近一座佛庵前，正好被他撞見。但還是大角峰山麓的老虎最讓他印象深刻，也許是因為那時還不到二十歲，更是生平第一次和老虎近距離對峙吧。他記得惠岡崔漢綺每年夏天暫居的兔山縣判官大人宅邸的堂屋裡掛有一幅虎畫，那畫中的老虎像受了驚嚇般，一雙眼珠瞪得圓圓的，倒退著走，模樣滑稽可笑。而守在岩洞前的那老虎，唇色鮮嫩，鬍鬚硬挺，眼神炯炯有力，果然不愧為山中君子。

那隻老虎那天就這樣守在洞口守了半天，未曾離開一步。

他的嘴角不自覺地泛起一絲笑意。

不管如何吃力，雙臂再怎麼痠痛，版刻時他胸臆總是溫馨而敞亮的。因為他知道，自己手下刻著的每一個村落山莊，都有著專屬那地方、意義深長永不磨滅的回憶：某個村落裡有著充滿人情味兒的故事；某個山林水涯有著居民死裡逃生的冒險記憶；某個烽火臺和古城裡迴盪著空留遺恨的冤魂嚎哭聲。當然，記憶最深的，還是那美好的山河、淳樸的民心，還有肥沃的大地，它們蘊涵著無以言喻的感動。古老的記憶就像醇酒，越陳越香，不管是飢餓、驚險、憤怒或者是哭泣，都散發著幽幽的醇香。如果能活在那散發香味的回憶裡，就不用急著完成雕版，如果能，他願意就這樣一直雕刻著山嶽河川，直到永遠。

「大哥，你這也太過火啦！」

石頭魯莽的聲音傳過來。

「大哥真要這樣，我……就回去麻浦渡口了。順實丫頭沒做錯啥，拿版木出去賣的，是我不是她哪！」

「……」

片刻後他才起身。

他還依稀記得石頭他爹跟隨父親離開時的容貌。父親是兵房，有職責在身，但石頭的爹並不是士兵，那樣冤死，任誰都會感到冤枉憤怒。

當時，為了鎮壓嘉山之亂，牧使[2]下令，讓黃海道各郡縣募集一定規模的支援軍，北上往平壤途中的鳳山集合。那時正值洪景來北進軍在防川、松林之戰中吃了敗仗，退駐定州城的時候，是辛未年（一八一一）臘月末的事了。

兔山縣軍力很薄弱。

加上當時穀山府民朴大成鼓動百姓起亂，攻進了監獄，還襲擊了官府，亂事還未平息下來。在這樣的情況下，若依牧使的命令，讓士兵都組成支援軍遠征，那兔山縣就無兵可守，隨時可能遭受威脅。於是縣監就弄出了減免田政、軍保布和換糧等花言巧語，把一生只知道種田的淳樸壯丁全都召募來充數。其實這都是縣監想逃避募兵不力的責任而想出的卑鄙手段。石頭的爹就這樣成了假兵，鄰居青年水塗也因此首次執起長矛。

當時他九歲，石頭才五歲。

石頭的爹甚至連雞脖子都扭不斷，常被鄉人拿來當笑柄。這毫無心機，整天笑嘻嘻的好人還包下村裡所有粗活和髒活，這樣一個好人突然無辜凍死在深山裡，石頭年幼失怙當然怨恨，不，該說是痛恨。十幾年之後偶然在麻浦渡口相逢，他連忙上前相認，石頭卻不置可否地偏過頭去。其實這不難理解，年紀小小的石頭，帶著寡母和幼妹，來到人生地疏的漢陽來討生活，生活的艱辛可想而知。經歷那長長的艱困歲月，石頭心頭當然有疙瘩。

「先進去吧，我一會就進去。」

他不得不對石頭開口。

「真話，大哥？」

從庫房柴門的空隙望過去，石頭臉上已經有了喜色。

「知道了，知道了，我先進去嘍！」

2牧使，朝鮮時代派駐地方的官職，正三品，管理各地方的農業獎勵、貢賦徵收、教育、戶口、郡政守備等。

石頭再次穿過院子。

接著就聽到石頭吩咐順實把海帶湯溫熱，聲音很是爽朗。順實一瘸一拐的，快步穿過結冰的院子，不規則的腳步聲一路響進廚房裡。他拿起一張印壞的白硾紙[3]端詳。上面印的是海南一帶，莞島的加里浦進入眼簾。加里浦官衙的標誌「回」有點歪扭，烽火臺那尖形標誌凹陷了一些，象王峰的山腰也不像版上所刻的那樣深。這不是版沒雕好，而是墨沒研好。

做雕版，松煙墨是上選。

用松樹燃燒成的煙灰混上膠做成的松煙墨，墨色柔順鮮明，將這墨搗成粉末後調拌上水和適量的酒，加上高超的手藝，才能在拓紙上印染得均勻而不泛暈，並且能很快乾燥。可能是石頭沒掌握好酒的分量，或者是研硯墨過於用力，還可能是刷墨時沒弄好。弄成這樣，什麼摺帖不摺帖的，都沒用了！

他走到外邊，仰頭望天，緊緊閉上雙眼。

雪終於開始下了。一朵細細的雪花飄進眼裡，瞬間就化成淚水。生日遇上雪，是吉是凶無可知。前幾天帶了一套手繪的《大東輿地圖》和幾片雕版給惠岡，想透過惠岡了解一下備邊司和觀象監[4]的評價，但還沒有消息。吃完早飯，該到倉洞的惠岡宅府去看一下。倉洞不遠，過了崇禮門就到了。

「呵，下雪了！哈哈，下雪啦！」

石頭在屋子裡咋呼個不停。

他揣著步子穿過院子走到土廊臺旁，順實丫頭還低著頭站在那裡，他脫了鞋進屋。剛溫熱的海帶湯上一縷縷白騰騰的熱氣正往上冒。

「丫頭，快過來！」

石頭比著手勢招呼順實。

別說是吃飯慶生，他甚至從不記得自己的生日。唯一一次喝生日酒是好久以前，完成《青邱圖》時惠岡帶著他到軍器司[5]附近茶房洞的一家藝妓酒家過生日，那是他生平過得最像樣的一次生日。記得當時座中還有李圭景[6]等三四位實學派的少壯儒生，當時任訓練院主簿[7]的威

---

3 韓紙經過長時間的捶搗（搗砧法），變成精密而堅固，呈白色帶光澤的紙張，稱「白硾紙」。因表面如鏡面一樣光潔，又稱「鏡面紙」，在宋代傳入中國，受到相當的好評。

4 觀象監，朝鮮時代主管天文、地理、曆法、占算、氣象及刻漏（古代計時器）的官署。

5 軍器司：朝鮮時代負責製造兵器的官衙。

6 李圭景（一七八八—卒年未詳），字博揆，號五洲居士，朝鮮後期實學家。一生致力於撰述著作，被稱為十九世紀最傑出的百科全書，著作中最為人所知的是《五洲衍文長箋散稿》。

7 訓練院主簿，朝鮮時代主管軍事人材選拔、武藝訓練和兵書習讀的官署為「訓練院」，訓練院主簿為主管訓練院文書簿籍的官吏。

堂中櫶[8]也在座，還有蘭皋金炳淵[9]也中途入席。蘭皋之前一直逗留在三南一帶，那天才剛回到漢陽。當時蘭皋已有名氣，人稱「金紗帽」。他在著手繪製《青邱圖》之前兩年就和蘭皋有過一面之緣。那是一個深夜，在金剛山三日浦一家客棧前一個角落的亭子裡，蘭皋喚來村子裡的閒人，說自己來獻舞，要圍觀的人出錢買酒，說完就往酒桌上一躍，開始手舞足蹈地舞了起來，當時蘭皋那豪放的樣子至今記憶猶新。餐宴時惠岡的兩卷《陸海法》剛付梓，他的《青邱圖》的序文也才剛寫好，酒宴中的話題就集中在《陸海法》中的科學新技術和《青邱圖》中首創的凡例和圖式例等問題上，可見當時標榜實事求是的實學思想是如何吸引著這一群少壯儒生。

「丫頭，你也進來吧！」

他這才開口對一直站在土廊臺上的順實說話。

這丫頭看著父親生日就快到了，家裡卻什麼吃的都沒有，該是多麼焦急哪？石頭又是如何地費盡心思，才決定背著版木出去換錢的呢？深怕父親察覺出蹊蹺，這丫頭在黑沉沉的拂曉就摸黑到廚房，輕手輕腳地在冰冷的廚房裡蒸魚煮湯，那份赤誠深深震動了他。順實在寒氣透人的廚房裡被凍得雙頰紫脹，巴掌大的臉，一點都不像她這個年紀該有的。

「靠過來，坐到桌子旁吧，丫頭！」

「沒關係，我在這裡吃就可以了。」

順實的湯碗裡連個海帶梗也沒有，地上的小盤子裡只有一片鹹菜。他不由分說地就把自己的湯倒了一半給順實，還折了半條蒸黃魚，放到地上的盤子裡。

「哇，看大哥父女這樣……真叫人羨慕哪！」

石頭一旁看著，開始耍貧嘴。

就在這時，院子柴門那頭突然傳來一陣聲響。打開房門一看，一個握著棍杖的巡邏兵和一個捕盜官正往裡走來。棗樹上捲起一陣旋風，把剛積起來的細雪捲飛起來，飄得院子中央雪白一片。那巡邏兵穿戴整齊，身材魁梧，一臉凶狠。

「這裡是不是有個叫石頭的？」

巡邏兵放聲問，石頭走出房門，站在土廊臺上。

---

8 申櫶（一八一〇—一八八四），為朝鮮末期武官、外交官，任禁衛大將時遭流放，其後再度被起用。幼年時在當時的碩學，實學家丁若鏞、金正喜門下受業，養成「實事求是」精神，並繼承丁若鏞《民堡防衛論》，發展成《民堡輯說》、《戎書撮要》等著作，被譽為「儒將」。申櫶還對地理學深有造詣，曾協助金正浩製作《大東輿地圖》，並撰述有歷史地理著作《酉山筆記》。

9 金炳淵（一八〇七—一八六三），朝鮮後期的書法家、放浪詩人，字蘭皐，號金紗帽、金笠。因祖父在洪景來之亂中投降而獲罪，全家族隱姓埋名，金炳淵知此事實後選擇放浪天涯。其詩以打破韓詩的樣式，內容諷刺諧謔著名。

「哎，我……就叫石頭……」

「跟我走！」

就這樣突然，沒頭沒尾的，身材魁梧的巡邏兵的手往石頭肩膀上一抓，石頭就被拖下土廊臺了。他猛地站起來，光著腳追出去，擋在石頭前面。

「要把人帶走總得說出個理由……」

「有人告到衙門，說是盜砍樹木。」

「盜砍……我……我……沒有盜砍啊！」

石頭慌慌張張地辯解起來。

這次是那個捕盜官一把提起石頭的褲腰頭。這簡直是天外飛來橫禍。就像一般的小木匠，石頭身材矮小不到五尺高，全身只剩幾根骨頭，隨便誰只要抓住領口一提，就像網袋一樣飄蕩在半空中。他又一次擋在巡邏兵和石頭之間，開口求情。

「至少讓我們知道……把人帶到哪……為什麼帶走……」

「有冤情的話，到漢城府來陳情就是！」

就這一句話算交代了。順實瘸著腿，一撇一拐好不容易追上他們，硬是把鞋給石頭穿上。幸好有順實，要不然石頭就這樣光著腳丫子被拉走了。一切發生得太突然，根本還來不及反應，被巡邏兵牢牢把住褲腰頭的石頭已經被拖到北邊的山坡下了。看那方向，大概會過圯橋，然後往昭義門那邊去。巡邏兵和那捕盜官的腳步快得像風一樣。他光著腳，沒想起要穿鞋，就這樣呆呆望著他們漸去漸遠的背影，束手無策。一陣白茫茫的寒風往仁王山那邊呼嘯著吹捲過去。

難道和椵樹有關？

好半晌，他自言自語道。

醬醃鱒魚腸

讀志而溫繹則利病可驗其源委，
案圖而指示則心神明察於遙遠。
著手緩急，時措取捨……
人未有經綸則以志為汗漫談說之資，
以圖為分別遠近之標。目雖覩而心不及。
——崔漢綺，《氣測體義》

「在孝昌墓對面，沒錯吧？」
惠岡放下茶杯，再一次問。
「是，沒錯。」

「那裡離軍資監[1]不遠吧？」
「軍資監在更南一些……」
他沉吟著，惠岡也瞇起眼睛思索著。
兩年前他砍伐椴樹時，沒出什麼事端，但個把個月前石頭砍回那幾棵結實的椴樹時，倒提過生了一點是非。說是一個看來像採藥材的老人路過，斥責石頭不該隨便砍伐，還問石頭的名字。他分明記得那樹林是既沒圍起，也沒人看守的自然林。若是砍伐官府的樹，可是犯了砍頭大罪，但砍了無人看守的樹林裡的幾棵樹，一大早漢城府就派兵卒來拿人，真叫人納悶。難道善良單純的石頭犯下了什麼別的罪嗎？繼之又想，石頭把椴木拿出去賣是昨天的事，從時間上看，真是烏飛梨落，太巧合了。
「依我聽到的消息……」
惠岡再次拿起茶杯。
「軍器監後面到孝昌墓一帶的土地是安東金氏一族的，金氏家族有個公子現在是備邊司郎廳。」
郎廳是從六品官。

1軍資監，朝鮮時代掌管軍事上必需物資而設立的官署。

在中央官府，郎廳雖算不上是高官，但和漢城府的判官，或者至少一兩位參軍都維持著某種關係。那麼，很可能他們明知石頭砍了椴樹，早在一個多月前就在市街上撒下網，等著石頭自投羅網。昨天跟石頭買走版木的訂書匠也許已風風火火地通風報信了。這些年來安東金氏一族權重一時，什麼法規條律都沒用，只要走後門送禮站對邊就萬事亨通。而從建國之初起，林木的栽植管理就是工曹的重要任務之一，不只是漢城府，連尚衣院、繕工監、掌苑署，還有造紙署都分掌著林木管理的任務。所以，事情沒順利擺平的話，就算免了牢獄之災，也免不了笞刑，光是那就夠把人折騰慘，矮小體弱的石頭哪能撐得住笞刑的折磨呢？

「哎，我說惠岡，沒什麼門路可走嗎？」

「門路當然要找。我養父的一個遠房姪甥在漢城府任從五品都事，可以去探探口風。還有，到威堂那裡一趟，如何？」

「這……」

「如果那山主真的就是金氏一族中的備邊司郎廳的話，威堂可能和那人相識。不過，在這關頭去找威堂是有些不方便。」

「這……是有點……」

他一時語塞。

威堂是堂上官申義直長子申櫶的雅號，其祖父是曾任訓練大將的申鴻周。身為武官，有這樣的家世背景等於掌握了天下，加上威堂豪放剛直過人，並特別精通人文和地理，自然贏得文武官員的信賴。算年齡，威堂雖小他和惠岡七歲，但因同樣對天文地理有莫大的興趣，三人意氣相投，曾推心置腹地往來過一段時間。他之所以能一睹收藏在備邊司、奎章閣的書籍，全靠威堂的全力相助。

物質上威堂也曾多次相援。

但問題是，威堂剛結束流放生涯，目前過著近乎隱居的生活。多年以前，憲宗病危時，時任禁衛營大將的威堂，暗中帶宮外的醫員入宮為憲宗診治，因而獲罪流放，一去近十年。現在結束流放不到三年，當然處處得小心謹慎。最近還傳聞威堂將再獲重用，水軍統制使的位置可能就是威堂的。統制使是從二品的堂上官，如果傳聞屬實，那麼威堂可就是臥薪嘗膽，一次就可把流放的恥辱洗刷乾淨，恢復名譽。在這微妙的時刻，為了一個小木匠去向他求援，時機上實在不相宜。

「這我也明白。」

惠岡點了點頭。

「為了這點小事，現在這時候去找威堂，是說不過去。我是看你心焦如焚才……」

「石頭這小夥子以前住我老家附近。」

「是嗎？」

「我父親遭遇橫禍時，石頭的父親也在一起。那時，石頭認定他父親的死是我父親的錯，因而不跟我往來。我怎麼能不對他感到歉疚呢？」

「呵，你這人！」

惠岡威凜的眼神越過茶桌掃過來。

「這麼多年了，你不止繪製了《青邱圖》、《東輿圖》，還完成足以傲視寰宇的《大東輿地圖》……這麼長久的歲月裡，還沒能把那時的一切徹底從心中除去？」

他避開惠岡銳利的眼神，望著東窗。

敞亮的東窗下，擺著亮潔的仰釜日晷和地球儀。胸口突然一陣疼痛。惠岡屋子裡邊的書齋裡該收藏著非常多的書籍和長期蒐集來的天文觀測儀器、科學儀器。記得第一次進惠岡的書齋，看到那麼多的書曾大吃一驚，那好像就發生在昨天。那些書大部分都是有關天文觀測、地理、新科學技術的書籍。惠岡出生於開京，小時就過繼到一個財力富厚卻沒有子嗣的堂叔家當養子，繼承了巨額的財富，但那些財富他只花在購置觀測儀器和著述書籍上。惠岡考上進士以後曾任觀象監，但很快地辭官隱退。有次他曾問起惠岡罷官回鄉的理由。

呵，天下江山都在我屋子裡，要那官銜何用！

那時惠岡這樣回答。惠岡至今所寫的書已遠超過百卷。雖然備邊司和奎章閣裡那麼多的地理書和地圖是在申櫶協助下才接觸到的，但一些新的科學依據和明清兩代出版的有關新文明的書籍和儀器機具，事實上都是在惠岡這裡接觸到的。

「我進去整一下衣冠就來。」

惠岡轉身進內屋裡。

外面的雪大概停了。才巳時，惠岡進去穿戴好衣冠，大概就是要去漢城府的意思。這樣盡心的關照說來並不容易，可說是友情吧，但惠岡剛才說的那句話還是讓他的心隱隱作痛。什麼叫沒能把那時的一切徹底從心中除去？這話若出自他人之口也就罷了，但出自最了解原委、最明白內情的惠岡之口，實在出乎他意料。

天氣嚴寒，路上幾乎沒有人。

他有意落在惠岡身後三四步遠的地方，沉默地走著。兩人再親近，這裡畢竟是文武官員進出的四大門重地。惠岡是士大夫，為了惠岡的顏面，他覺得自己該落在後面幾步遠的地方才對。過了武橋，路上開始有三五行人。往左一拐，六曹街就在眼前。

「可能得耗點時間，先找間酒鋪……」

「不用費神，惠岡。幫我弄清楚原委我就感激不盡了。想起過去……石頭一定得救回來……」

「又提這個，古山子，你真是……」

惠岡的眼神又一次斜掃過來。

就像剛才在惠岡的堂屋裡一樣，這回他還是避開了惠岡的眼神，把視線轉向北邊。議政府建築進入視野，光化門也近在咫尺。雪雖停了，但天空還陰霾一片，慶福宮殿閣的屋脊像虛懸在半空。路的那頭是禮曹、兵曹、刑曹和工曹，這一頭則議政府、吏曹、戶曹比肩矗立。短短一瞬間，他突然感覺心理上和惠岡距離有十里遠。想必惠岡也一樣。果然，惠岡臉上露出不勝遺憾的表情，丟下一句：

「這人是可憐。總之，以後再說吧！」

惠岡從漢城府東邊的便門進去了。

那守門的卒子向惠岡躬腰行禮，看來這卒子見過惠岡。他雖穿了棉襖，但因是用棉線縫的，穿了多年，裡面的棉絮已經糾結成團，冷風一吹，寒氣透骨，還好出來時戴上皮帽。他兩手抱著胸，望著便門那邊惠岡漸去漸遠的身影，那絲綢長袍的衣角一翻一掀的。

光看背影也看得出是個正直的人。

惠岡生性光明磊落，看他至今還深陷在少時傷痛中無法自拔，當然會感到惋惜遺憾。說來也難怪，一生守著書齋未經波浪的惠岡，怎能體會到嚴峻黑暗的歲月所刻下的痛苦有多深。或許，惠岡從來就認為那慘死錯不在郡縣圖，而在父親。

怎麼會到現在才想明白？

但只一瞬，他就猛地搖了搖頭。開朝初時強調理氣，重視心性，高舉格物致知的道德實踐理念如今已消失無蹤，只要和金氏一族拉上關係，用錢買個縣監來當，就跟上街買糕吃一樣簡單。這樣一個如同爛泥坑般的亂世裡，要找出第二個像惠岡一樣視野開闊且正大光明的人恐怕很難。惠岡知傳統、重風俗、守禮教，同時又主張積極吸收西方文明，不分貴賤平等起用人才，還強調士農工商應平等交流不分上下。不僅如此，惠岡著述等身，這些著述的基礎，正是建立在否定已被世人棄如敝屣的「理」的絕對權威，強調自我理想之上。惠岡還主張，「朋友有信」就建立在「朋友無別」上。他和惠岡的友情正是惠岡主動打破等級的區分才成為可能的。只因一點小事而在心理上與惠岡拉開距離，這都怪自己心胸狹隘。

雪，又緩緩飄落。

六曹路上一般行人不少，還有高官們進進出出，加上轎夫也多，更是喧鬧吵雜。腳凍僵了，只好在原地踏步。若是一般人，手腳可能早已凍傷，但他終究四處奔波慣了，挨了快一個時辰還耐得住。

快到午時了，才見惠岡從漢城府的便門出來。

「午膳時間到了，這邊走吧！」

惠岡領在前頭，往鐘路方向走。

過了惠橋，轉進後面小巷道，只見兩旁都是大大小小的酒鋪。惠岡在一家大概有五間房的屋子前停了下來，示意要他進去。和其他酒店不同的是，這裡沒任何招牌，看來應該是家世衰落了的兩班[2]貴族的女眷經營的酒鋪。大概是還不到午膳時間，整個店裡如同水底一般寂靜。

「先上酒，來點烤肉下酒，待會兒再上湯飯！」

廚房裡應該可以聽到，但因嚴守內外之分，所以沒人回答。

惠岡並不急著交代漢城府的事情進行得如何，他雖心焦但只得忍著。炕上熱呼呼的，手腳逐漸溫熱起來。過了一會，只見一張矮腳小酒桌推了進來，卻不見人。這種由兩班貴族府中手無縛雞之力的妾小經營的酒鋪叫「內外酒鋪」，俗稱「手臂店」。這種店裡嚴守男女有別的規矩，擺好酒菜的小矮桌送進來時，客人看不見店主的臉，頂多只看見雙臂。

惠岡過了半晌才開口。

「你的推測沒錯……」

「果然是誣陷石頭擅自砍伐。」

「不只是一個多月前砍伐的而已，舉發者說是連著幾年裡，三四十年生的椵樹木都被砍伐精光！」

「不是這樣的。」

他喉嚨乾渴，一昂首把酒倒進嘴裡嚥了下去。

「除了一個多月前砍伐的以外，兩年前我是砍了三四棵，全部就是這些了。前幾天我給你的《大東輿地圖》雕版就是用兩年前我砍的椴樹刻的。石頭砍回來的，因天氣冷現在還浸泡在水塘裡。」

「那木版就是那椴樹做的？」

惠岡往空酒杯裡倒酒。

再明白不過的事，惠岡卻再次反問，不免引起他的疑慮。惠岡性格明快，就算是平常的談話，也絕不說一句應酬的空話，有什麼話就條理分明、清楚乾脆地說出來，這是惠岡慣有的風格。

「沒能力買那麼多的版木……」

「其實你拿給我的《大東輿地圖》，昨天我已經呈給備邊司副提調。剛好有事見面，我就依你的請託，讓《大東輿地圖》能受到更有深度的評價，連帶也可請求備邊司的支持。當然，我交代過，看完了要把那地圖歸還回來。」

「這跟石頭的案子有什麼關係？」

「就是覺得有點疙瘩……不很放心……」

---

2 兩班，古代朝鮮貴族階級，雛形出現在朝鮮三國時代。指高麗和朝鮮時代的貴族統治階級與學者官吏。

這次他飛快地掃了惠岡一眼。話越來越蹊蹺。十天前確實自己把一套筆寫本的《大東輿地圖》，還有稍早刻好的十來張雕版送到惠岡那裡，因為他想聽聽各方面都能力出眾的惠岡的高見，這是其一。二是想透過威堂申櫶和其他幾個人探探朝廷的態度，如果觀象監和備邊司那邊反應不錯，那麼購買版木和裝訂所需的費用可能就不必擔心，但這僅僅是自己一廂情願的打算罷了。要想探知官廳的反應，透過威堂申櫶也許最方便，但離上次見面相隔太久，貿然去拜訪有點唐突。反正送到惠岡那裡，威堂早晚會看到的。但為什麼那版木的事會在這時冒出來？

「不是……不會的……」

惠岡像是另有所思似的，突然搖了搖手說：

「沒什麼……最近我大概雜念太多了。我已經拜託在漢城府任都事的姪甥，說判決很快就會下來，不至於會判杖刑，順利的話就是罰種個兩倍的樹，加上挨幾下棍杖。萬一判了笞刑，我也已經和裡面的小卒說妥，他們會手下留情的。喝幾杯吧，外面下著雪，天寒地凍，正適合喝幾杯。」

「《大東輿地圖》的版木，和石頭被帶走的事……你覺得有牽連……是嗎？惠岡，快把剛才打聽到的一五一十說清楚，這樣不明不白的，憋得我透不過氣來。」

「想到哪兒了……不過是隨口說說罷了……反正今天大概不會再出什麼事了，說是得和舉告的山主當面對質。」

「唉，真慾得慌……心裡一點底也沒有……」

他自言自語地說了幾句。

看來惠岡似乎心中有隱情，但硬是糾纏下去，惠岡也不會輕易地說出來。而惠岡呢，大概也已經後悔讓他看出自己的心事。

湯飯這才上來。

蘿蔔白菜泡菜配上難得一見的醬醃鱒魚腸。醬醃鱒魚腸是用鱒魚腹醃製，只有在兩班貴族高宅大院的餐桌上才能吃到的珍貴菜餚，但一想起現在可能驚慌不安的石頭，他一時胃口全無。

「去漢城府時我突然想到……」

惠岡夾起一點醬醃鱒魚腸，眼光投向這邊。

「嘉山之亂平定下來那年，壬申年春天吧，鄉民們聚集在兔山縣樓門跪地請願，要官府派兵尋找行蹤不明的令尊一行人，就算是死了也要求見到屍身。那時有個孩子跪著，突然全身痙攣，往後一仰，昏了過去，只一丁點大的……，那孩子就是石頭沒錯吧？」

「……沒錯，就是他。」

「果然是他。剛才經過漢城府前庭角落的老山櫻樹下時，那天的情景不知怎的浮上腦海。

兔山縣官衙前，不是也有幾棵幾十年的山櫻樹嗎？」

「你到底沒忘啊！」

「那事對你當然是刻骨銘心，我也一樣，怎麼可能忘了？剛才對你冷淡也一樣，那些往事，我並不是因為記憶褪了色，淡忘了而那樣說的。想起兔山縣前面的山櫻樹，現在還是毛骨聳然。吊死在樹上的屍體，第一個發現的不就是我嗎？」

「我……那時在牢裡……」

「那時我們都才不過是十歲大的孩子。」

惠岡說著說著，放下湯勺。

沙鍋裡的湯飯漸漸涼了。深埋心底的往事，就在惶惶的心情下，一點一點地談開了，五十年來的第一次。今天的惠岡和平常判若兩人。不管發生什麼事，惠岡從不流露個人的感情，不管在什麼情況下，該說的與不該說的，都區分得清清楚楚，絕不混淆。這麼多年來從不提起那往事，在他是因為創傷太深不願觸及，更因為惠岡不拖泥帶水，爽快乾脆的性格。今天，這深藏心底的禁地突然潰防，他們的談話就像脫韁的野馬，放足而去，無法遏止。

他也跟著惠岡，悄悄地放下了湯勺。

是惠岡發現山櫻樹上有人吊死的，這他倒是忘了。在高宅大院中長大，十歲大的貴公子惠岡，看到那吊死在樹上的屍體，會是什麼樣的感覺呢？

山櫻樹

故辨要害之處
審緩急之機
奇正斷於盲中
死生變於掌上
——金正浩，〈地圖類說〉

出發往鳳山的父親沒有回來。

一直到洪景來被鎮壓軍所害，和洪景來一起抗爭的洪總角、禹君則、金士用已被斬首的傳聞四起，父親還是沒有回來，石頭的父親、水塗等二十三名支援兵的下落也一直杳無音訊。縣監非但不派人尋找，反而誣陷說是他父親唆使同行的人投向叛軍，事敗後擔心回來會被處死，所以畏罪潛逃。

這樣的誣陷讓人冤憤難抑，但在縣監的威勢下卻訴冤無門。

牧使要求各地的支援隊在鳳山集結，兔山縣沒能完成任務，縣監當然嚇得寢食難安，所以編造出這些罪名，用來推卸掉一部分責任。原來縣監承諾，參加支援隊的就可免除田政、軍政和還穀[1]等，如今卻食言照舊徵收，中飽私囊。所謂田政，是把原本地主要繳的稅轉嫁給佃戶，一結地[2]原本要繳交四斗或者六斗的田稅，現在毫無根據地加徵繁瑣的附加稅，稅賦一下就加重了一倍。後來他還聽說當時兔山縣苛斂誅求，光是附加稅的名目就達四十多種。原來規定百姓可繳軍賦代替從軍，但所徵得的數額無法滿足官員的饜求，所以官府就要求連戶口中已經死去的或者小孩都不能免，得繳納白骨徵布、黃口簽丁等苛捐雜稅，可說是強徵豪奪，原來是無息的還穀制度，更加徵了高額的利息。

整個地方陷入不安的沉默。

既然派這些生平沒拿過刀槍的百姓假扮成兵卒出任務，那麼這些人是生是死也該有個交代，若真死了，要求官府找回屍身也合情合理。但縣監居然作賊的喊捉賊，結果這些失去兒子的可憐父母、失去丈夫的弱女子、沒了爹的孤子弱女，全都惟恐被栽上反判軍的罪名，只好啞巴吃黃連，有苦往肚裡吞，如履薄冰地一日度過一日。

壬申年（一八一二）四月中旬。

拂曉時分，兔山縣衙門前兩排老山櫻樹像衛兵似的護衛著衙門，樹枝椏上的花苞已微綻待放，衙門前的一塊平整的沙地上一個少年跪在那裡。

那正是十歲大的古山子。

兔山縣並不發達，但衙門卻氣勢雍容。兩端細中腰凸的梭柱分兩側一列排開，正中央是兩扇寬闊的板門，看上去是座氣勢宏偉的重樓建築。守衙門的兵卒一看到這名跪著的少年，馬上知道那正是行蹤不明的兵房金海俊的孩子。

喂，在那幹嘛呀？

來奏請大人找回我爹。

---

1 田政、軍政、還穀，這三個制度是朝鮮後期所實施的主要稅賦制度，並稱為「朝鮮三政」。「田政」指對所有土地征收的稅賦。「軍政」指有服役義務的男丁以繳交麻布、棉布的方式代替服役，這些麻、棉布稱為「軍布」。「還穀」指在春窮時期，朝廷貸借穀糧給百姓以救荒，待秋收時期百姓必須在所貸穀糧上加上穀息一併回繳。這些制度在執行時因上位者私心及偏頗的執行方式，加重了平民的負擔，導致朝鮮末期民不聊生，最終引發民亂，韓國歷史上以「三政紊亂」指稱之。

2 一結地，計算租稅用的田地面積單位。

少年和兵卒的對話雖然依稀模糊，但日出之前衙門裡裡外外的人都已經知道這少年的來意。守門卒一次又一次把這少年攆得遠遠的，但一點用也沒有，少年不哭，也不動。雖因力氣小而被連提帶摔地攆走，但少年立刻再回來跪下；又一次被推攆開，他依舊再回原地跪下。衙門前連接著兔山縣最熱鬧的市前街道，口耳相傳的消息比什麼都快，還不到卯時，守門卒和少年之間的糾纏早已傳開。

難得的好天氣。

微風似綢緞般柔和，長空沒有一點雜色，蔚藍得透明。村子外鶴峰山山谷裡漫著帶著日暈的霧氣。這時，少年的堅持已惹得守門卒們厭煩起來，疲累了的兵卒開始推說衙門外不屬他們管轄而不再驅趕少年。這時，太陽倏地跳上高空。

這小子，這樣有啥用啊？省省力氣吧！

看這孩子有點眼熟的守門卒這樣說。

父親說過老家在忠清道泰安，至於什麼時候遷移到兔山，什麼時候開始當兵房，年幼的他當然無從得知。至於母親則從來不曾出現在他的記憶中。

你娘是海女，死在海裡了，美得跟芙蓉花一樣呢。

父親只說過這些。這樣說來，母親死的時候，可能住在靠海的某個地方，但這也只是憑空臆測罷了。他還有個大他五歲的哥哥，兩年前說是去了平安道的一個礦山，後來就沒了消息。有人說曾在洪景來揭竿的大定江多福洞看過哥哥，還有人說在博川的鐵礦山看過哥哥。哥哥平常就不滿現實，很有可能投入民間義軍，在某個山戰裡成了無名鬼。

父親當兵房當了很久。

地方的小胥吏有兩種，一種叫鄉吏，是代代相傳而來的；另外一種叫假吏，是外地來的人透過種種管道當上的。父親是假吏，既沒俸祿也沒品階，老愛提自己年輕時做過從九品哨官，外賊攻進泰安，還獨自手擒了五個賊匪。也許就因為這，縣監讓父親負責支援隊的軍訓任務。不過，曾當過哨官的經歷很可能只是父親瞎吹噓的。

日頭越升越高了。

報告應該已經呈上去了，但縣官對少年孤單而魯莽的請願沒有任何反應。年紀還小的他，額頭開始冒出豆大的汗珠，膝蓋和小腿完全麻痺失去感覺。巳時左右，附近酒鋪裡的海州大嬸拿來些水和白菜乾湯泡飯，他只喝了水，其他的碰都不碰。

唉呀，你這孩子，吃下去才有力氣撐哪！

海州大嬸又是威脅又是相勸，他卻一點都不為所動。到了午時，他臉色變土灰，滿頭冷汗。人群偷偷注視著東軒[3]的動靜，三三兩兩地開始聚集起來。山櫻花花瓣紛紛飄落，貼上他流著汗水的額頭、雙頰和脖子。

這樣下去，連小命都不保了！

有人不忍再看下去，這樣喊叫。

縣監大概認為，一個小孩挨不過兩個時辰。但到了午時，他還是維持著原本的姿態。山櫻花枝椏間小鳥成群戲飛，鳥群的翅膀觸動了花瓣，花瓣一團一團地飄墜而下。

他力盡氣竭倒下時，已是未時。

剛開始眼前一片模糊，接著是陽光和櫻花重疊成一團光影，最後，一束刀刃般的光瞬間掃過眼前，接著就是一片漆黑。圍觀的人群齊聲發出嘆息。他曲著膝，四仰八叉地倒了下來，就像立著的椽子直挺挺地倒下去般。

睜開眼時，是在海州大嬸的懷裡。

四周傳來三三兩兩低聲竊語嘈雜的人聲。海州大嬸用勺子餵他喝水，還有個大嬸用濕毛巾擦拭他的脖子和腋下。山櫻樹下很陰涼。反正一開始就抱著必死的決心而來的。

他掙脫開大嬸的手，支起上半身。

首先映入眼簾的，是耀眼的陽光下崔漢綺跪著的身影，這引得他鼻尖瞬間開始發酸。他想忍住哭泣，就緊咬住雙唇，睜大眼睛望著自己跪過的空地上，以一模一樣的姿勢跪著的崔漢綺。崔漢綺的旁邊是水塗的爹娘，水塗爹娘的旁邊是石頭和他娘。

跪下的人不斷增加。

開始是行蹤不明的支援隊一行人的爹娘和兄弟，然後是遠近親戚，最後是跟這些人一點關係也沒有的人。三五成群，排排跪在那。他們都很沉默，眼裡閃著炯炯的亮光。守在樓閣前的士兵們臉色開始變灰。

漢綺……

一股灼熱的氣從丹田開始，瞬間以破竹之勢蔓延開來。

崔漢綺家在開京，但一年倒有一兩回住在辭官回鄉的判官大人家裡，一住短則個把月，長時則待上兩三個月。判官在官階上屬五品官，縣監想拜見還得備足禮分才行。漢綺所景仰、追隨的這位判官大人，早年就厭棄名利，辭去尚瑞院判官一職，返鄉定居。判官大人精通天文地理，篤奉實學思想，崔漢綺日後還經常自述這位大人對自己的影響極為深遠。崔漢綺留居在判官大人宅邸時總到他學習的書院裡來，因為漢綺年齡最長，學識也最好，於是就在書院裡當接長協助教學。那時他才剛學完《千字文》，正要開始學《童蒙先習》，漢綺卻早已

3東軒，地方官府處理兵務、監察、搜查等事務。

經學完《小學》，通四書一經了，所以漢綺當接長綽綽有餘。他和漢綺在書院裡相識，又都對天文地理和科學有共同的愛好，因此很快就超越身分上的尊卑，成了志同道合的同伴。聰明且精於辨認道路方向的他，特別對未知的遠方有濃厚的興趣。在那時，他已經能繪製兔山一帶的地圖，而且比官府的地圖更精密。

漢綺首次看見他所繪的地圖時就敞開心胸接受了他。

他們意氣相合，有一回說好要探探兔山崁前的水道的源頭，就翻過門岩、安峽到伊川，循水道而上，最後天黑了無法回家，引發不小的騷動。

我們這樣做好了！

漢綺那時這樣說。

正浩，你畫大地，從這邊的盡頭畫到那邊的盡頭；我畫天空，從這邊的盡頭畫到那邊的盡頭，合起來就成了宇宙萬物的地圖了！

如此聰穎，胸懷大志的漢綺！

他不支倒下，判官府的崔漢綺少爺繼而替之，這無疑給了圍觀的人們莫大的勇氣。樓閣前的空地已經有數十個人沉默地跪著。山櫻花樹的花瓣繼續飄墜，鳥群噗哧噗哧地穿梭其間。

過了一會兒，兵卒們蜂擁而上。一起請願的人群依舊絲毫不為所動。

大人吩咐，要聽大家的陳情，幾個當事人來到東軒，其他的都回去聽消息，不聽命的話，杖刑伺候！一名老吏房用手圍在嘴邊做成喇叭狀大聲通報。老吏房的通報馬上產生效果。剛醒過來的他、水塗的爹和其他幾個人隨老吏房的指示從偏門進入東軒。其他人則被兵卒的威嚇所震懾，紛紛四散離去。

但那只是縣監的騙術。

那些要求官府尋回行蹤不明的家屬，要官府依照承諾減免該繳交的田政、軍布和還穀等稅金的幾個人，被帶去的地方不是東軒，而是監獄。縣監一直到那時都還未曾露過臉，等著他們的是齊下的棍棒，即使是年幼的他也不例外。甚至還有人誣陷說他們是叛軍的走狗。看來縣監擺明要以村民聚集請願為罪名，誣陷他們反叛朝廷。

整個局勢的翻轉是在兩天之後。

半夜，水塗的娘吊死在衙門前的山櫻花樹上，第一個發現這慘事的是崔漢綺。這等於是在百姓怒火灼灼的心上澆油，加上縣監欺騙村民，官衙前聚集的人更多了，還有人拿著木棍、十字鎬，看來大有一舉衝進官衙的氣勢。

海州牧使是個懂得研判局勢的人。

在牧使看來，洪景來的嘉山之亂好不容易漸趨平靜，穀山民亂也總算有點穩定下來的跡象，此刻最需要的是確實地安撫住民心。所以牧使摘了縣監的烏紗帽，新任的縣監自請要組成搜索隊，全力搜尋支援鎮壓嘉山之亂而行蹤不明的二十四人的下落。這搜索隊是由兵卒和腳力好的村民共同組成。

四月底，支援隊一行總算被尋獲，只是，尋獲的是屍體。

出乎推測的，屍體是在往穀山方向，在高達山上峰稜線下的坡路上被發現的。他們大多是兩三個抱在一起死的，看來大概是為了禦寒。有的蹲坐在岩石縫裡，有的屍體已遭野獸撕咬得幾乎無法辨認。他的父親似乎是走在前面探路，結果倒栽在山峰下的斜坡上死了。看來是走在前面，卻因雪滑倒而負傷，最後沒辦法站起來而死。從整個情況判斷，他們應該是迷失在山上挨餓受凍，最後活活餓死凍死。

從兔山到鳳山有兩種走法。

一是從新溪北上，取道平山、瑞興斜進。另一是從金川南下，越過平山或滅惡山支脈出鄰山。看來他們出發時大概選擇走新溪的路。

積雪很深的寒冬。

臘月底。牧使要求在平壤城下的鳳山集合，最後時限是次年正月初三申時。父親肩負著帶領這些冒牌兵去報到的責任，且他們都只帶了幾個飯團，父親心中的焦急可想而知。他們從父親懷裡找出一張地圖，那是匆促中從官府的郡縣圖抄錄過來的。

那地圖荒唐到了極點。

實際上相距遙遠的的鶴峰山和高達山在地圖上卻前後緊緊相鄰，地圖上更沒標示出水道，應該綿延相連的山卻各自獨立，完全沒有聯繫。這是縣監給的、官衙配置的地圖。地圖這樣顯示，父親很可能就據之判斷山和山之間不相連，那麼從中穿過去應該就是平坦的道路。這是一場嚴峻的挑戰，因為必須和時間爭奪，還得和山谷裡深及膝的積雪搏鬥，加上糧食極端有限，更是勁敵。鶴峰山和高達山的開闔形勢很類似，如果地圖上標示的距離和實際距離相去不遠，或者即使地圖上看不出來，只要知道山與山之間有許多大小山頭集結，他們也許就可逃過這慘禍。不，乾脆沒有那地圖，那他們根本不會如此草率地走進那絕路，束手無策地就地待斃。從狼林往下，眼看著白頭山脈好像就要結束，但在平安道內陸下方的豆裡山一帶山勢突然又轉開，山脈往南急速伸展開。這還意猶未盡，往西南方又分出一條支脈，一直綿延到開京。高達山矗立在正中，隔開了穀山和兔山。父親應該是想越過鶴峰山，但因積雪難行，只得繞道，想在鶴峰山和高達山之間尋找出路，於是選擇往東北方向走。在既要趕時限，又害怕縣監淫威的情況下，任是誰看了那荒唐的地圖，都會作那樣的決定。

地圖索走了人命。

不管當時或者現在，他都一直這樣深信著。

地圖對人來說，是把雙刃刀。如果沒有地圖，人的五感神經就會更發達，發達到具有地圖辨識方向地形的能力；而有了地圖，人的五感就如同即將臨盆的母豬，分外的遲鈍。那荒唐的地圖能把那群人推向死亡之境，正是這個道理。

他從小就對大地的形勢和蜿蜒的水道有著濃厚的興趣。這好奇不來自外力，而是發自內在，對山嶽水文的起源和終結，他始終懷著無以言喻的好奇。有時候以為，前面轉彎處可能就是水的源頭，但追到那裡一看，卻又發現還有更大的水流；有時候以為前面的山頂就是山脈的起點，可爬上後才發現，往往有更大的一座山橫亙在眼前。就像道路一條連著一條，永無終點一樣，山脈和流水也各自相連，綿延不絕。人，逐水傍山而生，而在有道路之前，山脈和流水已經亙古地存在了，他這樣想。

那思慕沒有終點，如此的深刻。

他唯一的心願就是到那山水的起點和終點去。他不太跟其他同伴一起玩，這也許跟自小就沒有母親有關。雖然年紀還小，但他在家在學堂都了無生氣，內心一片空虛。看著同伴們回家依偎在母親的裙角，他的眼睛就沁滿淚水。父親心思並不細膩，沒有再娶而獨力帶大兄弟倆，很可能是因為沒有女人願意跟著父親過日子。父親粗魯無禮，還有點失魂落魄，嘴巴更是臭氣沖天。當個沒俸祿的假吏，父親只分派到一小塊旱地，但也沒好好耕種。值得慶幸的是，父親不吝於兩兄弟的教育，送他們上學堂。

他很想浪跡天涯。

風，從來不挑選時刻，亙古地吹拂著。

剛學步的時候，他循著道路走；稍微大一點之後，他溯水而行；到了七八歲時，他開始跋涉在山嶽之間。如果可以，他想化成鳥，追隨那風遠去。

生命的降臨和離去，可也有專屬它的道路？

他看過青蛙涉水，水面揚起的波紋是青蛙走過的痕跡，這深深感動了他；他還看過松鼠在樹幹間穿梭往返，樹幹上也留下松鼠走過的痕跡，這更大大地撼動他。山脈、水文、風向，一一相連，它們肩並肩、背連背，只有他，是孤獨的。也許，在那路的起點、水的源頭、山的開端，有他那美麗如芙蓉的母親等在那。當他讀到「夕陽斜路」幾個字時，他淚水滿眶；當他看懂訓長宅邸大廳匾額上「鵬程萬里」幾個字時，他的胸膛如同點著了火一般，灼熱僨張。

父親是因為沒找著路而丟了性命。

如意靴

腐心嘔血，自以為工矣，
誰知已蹈古人之習氣。
窮慮祕搜，自以為新矣，
誰知已被古人之道破。
顧何必窮爾慮腐爾心自苦之為哉。
——崔理煥編，《性靈集》

告別惠岡，取道義禁府後方的小徑往安國坊方向走。這裡通往六矣廛集中的雲從街，相當繁華。六矣廛是專門供應王室綢緞、棉布、絲綢、各類紙張、苧麻布和魚貨的店鋪的統稱，平常來來往往的人很多，前面就有個穿著綢緞披著連帽斗篷的閨秀正從一家棉布鋪走出來。他快步走過棉布鋪，轉進紙店集中的巷子。

此行是要去見妙爐。

妙爐雖不像惠岡是個以剛直見稱的儒生，卻交遊廣闊，在漢城府等官府人面很廣，說不定透過妙爐能找到更好的門路。不，也不全為了這，他給惠岡的《大東輿地圖》手寫本也給了妙爐一份，今天順道來聽聽消息。

妙爐本名崔瑆煥。

妙爐是貢人，王室官府所需的紙筆墨到一般紙張，都由他以貢價獨占供應。除此之外，妙爐還印製、買賣坊刻本書籍，另外還製作版木並代客版刻，代客裝訂製本更是常有的事。印製的也不僅僅是私人書籍，寺刹編纂的寺刹版、託書院之名印製的書院版書籍，甚至君王賜臣子閱讀用的內賜本也都交由他包辦。立論著書原本是儒生本職，但如今一些連四書三經都沒讀通的半吊子儒生也競相剽竊抄襲，刻版出書以誇耀才識，這樣的現象已經多到見怪不怪。

幸好妙爐人就在鋪裡。

妙爐正送一個著僧服的人出來，大概是來訂製寺刹版書籍的吧。妙爐一看到他馬上迎上前拱手表示歡迎。鋪裡四處散放著成堆粗製濫造的漢文書籍《通鑑》、《童蒙先習》、《千字文》，還有韓文的《沈清傳》、《春香傳》、《淑香傳》、《蘇大成傳》等書籍，茶几上還放著一些拆解下的膠泥版活字，看來是一向閒不下來的妙爐新製的。

「又做起膠泥版啦？」

「沒什麼，閒著也是閒著。賢兄，來得正好，寶城的好茶剛到。」

「可惜今天沒喝茶的興致。」

「那就更該喝了。喝茶有助思考，這可是天下第一名醫華佗說的，明朝人顧元慶在《茶譜》裡更說茶可解憂。賢兄什麼事煩心，願聽其詳。」

「不急，慢慢談。呵，現在連佛門弟子都把佛經交給坊間刻印而不自己動手了，世道變得真快哪。」

「這也不是一天兩天的事了。剛才那個僧侶訂製的不是佛經，而是《千字文》，說要分給寺廟信徒用。其實近來做儒生們的生意才真是大宗呢。一些鄙陋無知、厚顏無恥的儒生拿別人的文章抄襲拼湊，說是自己寫的，光明正大地拿來要印製成木版本呢。甚至連堂上官也爭著命令下屬代筆，冠上自己的名字出書哪。」

「那可倒讓你生意興隆了。」

「呵呵……還過得去而已！」

火爐上茶罐裡的水開了。

妙虛把熱水注進熟盂裡，端起茶盤上的茶杯用棉茶巾擦拭起來。那是個青瓷茶缽，色澤澄澈。外頭大概還下著雪，有人往踏腳石上磕鞋，不時傳來嗒嗒嗒的響聲。現在雪還小，還沒積雪，但看樣子入夜以後雪勢可能變大。碧綠的茶水滴進青瓷茶缽發出悅耳的聲音。雪似乎也有影子，他一邊凝視著東窗窗櫺間隱約移動的白色影子，一邊端起茶杯呷了一口，潤澤冰涼的唇。茶的色、香、味三妙完美結合，果然不失為茶之極品。

「賢兄煩心的事說來聽聽吧。」

妙虛體貼地把話帶入正題。

妙虛洞達世態，心胸寬廣，若不是因為出身中人階級，很可能在各方面都要比威堂申櫶更勝一籌。他把事情從頭到尾簡要地說了一遍，只略過了見惠岡時聽到的消息。妙虛聽著聽著臉色逐漸轉沉，這更讓他起憂慮。

妙虛崔瑆煥原籍忠州。

但那只是原籍，其實妙虛生於楊州牧，也長於楊州牧，除了妙虛這個號之外，還有另有一號，叫於是齋。妙虛出生於純祖朝十三年，算來年歲四十九，小他十歲，憑著高深的武藝造詣，二十六歲就以中人身分武官及第獲賜紅牌。不巧那年妙虛之父過世，守孝數年之後才出任官職，首任的官職大概是效力副尉守門將，到五年多前辭官時，官拜從五品中樞府都事。像這樣一個不可多得的文武雙才，只因出身中人階級，近二十年官場生活，歷任過無數官職，但都不過是官銜的改易罷了，始終都不過是個堂下官。

從妙虛的立場看，辭官轉以貢人營生，可說是理所當然的選擇。

妙盧不僅精通經世濟事之書，還雅好詩文，出版多本自撰詩集。若非得妙盧的協助，要編纂出與《東輿圖》配套的《輿圖備誌》恐怕並非易事。去年曾讀到妙盧首度獨力撰寫的《顧問備略》筆寫本，書中雖不像一些激進實學派儒生強烈主張重新分配土地和共同耕作制度，但提出許多革新性的濟事方案，這證明了妙盧確實是一位務實而開放的有識之士。因祖先留下殷實的家業，妙盧其實不必靠經營紙廛營生，而他不返鄉安逸度日，正說明了他不崇尚無為出世的思想，更不是個空泛的理想論者。

「嘖！這真是！」

聽罷他的話，妙盧神情凝重，嘴裡嘖嘖出聲。

妙盧的反應令人詫異。若只是單純的椴木盜伐，依妙盧豁達的個性，絕無神色凝重之理，更不會半晌無言以對。突然，惠岡那令人猜疑的言行舉止和眼前妙盧的神色重疊交錯地浮現眼前。

顯然事有蹊蹺。

他胸口起伏加劇，趕緊伸手握緊茶杯。

指尖著火似地發燙。石頭被逮走的事他還找不出任何頭緒，但顯然惠岡和眼前無言的妙盧都已經心裡有底。這不只是因妙盧久任官場，更因他長期經營紙廛，刻製木版和裝訂書冊，因而不管是在漢城府或是王室朝廷，都比惠岡有更深廣的人脈關係網，光是每天進出此處的官吏就不計其數。也許惠岡一直不肯鬆口的內幕，妙虛知道得更清楚。

「聽我說，妙虛……」

他望進妙虛的眼底。

「我讀賢弟的《顧問備略》時，你心中深刻的遺憾我感同身受，那絕非那些兩班貴族所能體會的，但我懂，也許是同病相憐吧！賢弟書裡指責官員考課制度的問題、批判了鄉校的濫用權力，還一一指出各種制度的弊端，我都有同感。我們一起完成了《輿圖備誌》，那本該是由朝廷承擔的任務，我們不計報酬一起全力以赴做成，為的是什麼？我相信你不會忘記的。現在，無辜的石頭被摧殘，如果連你也袖手旁觀，那我也就管不上什麼地圖不地圖的，索性一把火把地圖燒盡，永遠離開這裡！」

「賢兄，先別衝動，事情鬧大了更不妙！」

「事已如此，你就單刀直入說清楚吧！到底有什麼內幕？是不是和我最近完成的《大東輿地圖》有關？」

「這……說來話長。賢兄的《大東輿地圖》筆寫本不是已經送到備邊司和觀象監了？雖說數量龐大筆抄不易，但也許很快就會有仿繪的地圖出現。」

「什麼時候……開始的？」

「賢兄著手版刻之前坊間就有一些零星的散片流傳著。……你不是把筆寫本地圖給了惠岡和我各一份嗎？據我所知，惠岡手上的筆寫本和一部分的木版現在在備邊司那裡。」

「那又如何？」

「這……君王閣下年前傳喚備邊司的都提調[1]和提調[2]，訓示說民亂四起，不只是倭寇，連西洋盜船都不時出沒，必須有正確地地圖來強化海防，所以君王閣下下令儘快完成地圖。就如同賢兄一向主張的，地圖本該由朝廷領頭製作，君王閣下這次算是難得下對命令。大約是在鄭元容大監晉升領相後不久吧，日本對西洋諸國大開門戶，英軍船艦先後駛進東萊的龍潭湖、新草梁。賢兄您也知道，那時可用的郡縣地圖或者全國地圖絕大部分都是筆寫本，無法一一抄寫，配置給每一郡縣……所以我有不祥的預感。其實，備邊司的人已經幾次找上我這裡。第一次是打聽《大東輿地圖》版刻完成多少，還問了一些其他什麼的。第二次就乾脆擺明了要買下全部的《大東輿地圖》木版本，要我從中促成。我比誰都心知肚明，這地圖是賢兄以畢生心力完成的，您的個性我還不清楚嗎？他們的提議根本是異想天開，所以我當場拒絕了。」

「你是說，他們要強占我的地圖？」

「八九不離十。堂上官正副提調等高官是不是同意我不清楚，反正下面的小官左搞右搞弄不出成果交代，正焦頭爛額時，看了您的地圖當場目瞪口呆，才會出此策。我想，他們很可能也向惠岡探過口風。」

「木版本地圖也不只《大東輿地圖》一部啊！」

「拿全國地圖來說，像《大東輿地圖》這樣精密詳盡且一目了然的可是頭一遭。再加上摺疊式設計正合君王閣下的要求。其實，更重要的是版刻的問題。光是那不下一萬兩千個的地名，加上祖山、宗山、鎮山、主山、案山等個別的線條粗細都不同，河川也用單線雙線區別，這些都跟鄭尚驥先生的《八道分帖圖》大有不同，和賢兄之前繪製的《青邱圖》也有差別，最特別的是木版本製的。另外，地圖上每十里標出標點便利判斷遠近，加上那麼多的圖示！簡單的說，就算有這樣的地圖，版木的刻製也非賢兄不可。比如說吧，讓每天進出我這裡的版刻師父來刻，他們能刻出來麼？若是刻成景福宮前庭一樣寬大那還可姑且一試，備邊司裡的人多的是版刻經驗，他們清楚得很！」

「原來如此，石頭……被他們拿來當餌！」

「雖不能斷然下結論，但烏飛梨落，八九不離十。那椴樹林的主人是備邊司的郎廳，不正說明這事不單純？這是我的推測。賢兄不是個隨便受擺弄的人，這誰都心知肚明，這批人大約就是想先捉住什麼弱點，然後才露出真面目，我直覺就是這麼回事。」

---

1 都提調，朝鮮時代六曹設於屬衙門、軍營等官署的官職，掌管行政上重要事務。
2 提調，朝鮮時代主管物資調度、製造、倉庫、接待、語學、醫學、天文、地理、音樂等技術系統的官職。

「這……謝過你的忠告了。」

他忿忿地起身。

不能光坐著浪費時間了。那些人既然布下了餌，絕不會善罷甘休。如果這餌不奏效，他們可能會使出更激烈的手段。用五十年的血汗製成的地圖絕不能計價出賣，然而，自己卻分明無力保住那地圖，那麼是不是該把地圖轉移到安全的地方藏起來？從整個過程看來，這絕非小小的六品官郎廳能獨自策劃的，很可能連正副提調，甚至正一品官都提調都參與了此事。

「您這樣一走，如何是好？」

「我有要事得辦，近日內我會再來。別把我來這裡的事張揚出去，還要拜託你暗中留意事情的進展！」

妙虛跟著送到鋪前的小路。

他一邊揮手示意，一邊頭也不回地疾步往前。過義禁府前，馬上就是大廣橋和武橋，緊接著是通往昭義門的筆直大道。心頭的衝擊還久久未能平息，感覺就像直直墜落萬丈懸崖一樣，現在渾身還震顫不已，更像攀上白頭山最頂峰，就要直衝上青天似的感覺。那地圖是幾十年來不分晝夜盤坐刻寫，不知道磨破了多少次手指，甚至弄得股部長出瘡疔痛徹心肺才完成的。要拱手交出，倒不如乾脆要了自己的性命或者放逐自己出都城。不管付出什麼代價，一定要保住地圖。

藥峴一帶主要種植藥草。

他心急之下徑直穿過藥田，一走上山崗就和站在柴門外的順實四目相接。順實大概等得心焦，一看見父親，就一跛一跛地急急迎上來，一個踉蹌往前傾了一下。

「爹！爹！有人來了！」

「誰？」

「不知道，我說不行，但那人還是進了庫房！」

庫房大概沒上鎖。聽到人聲，一個身著光亮絲綢棉裡長袍，足履如意靴的儒生打開門走了出來。看到此人擅自進入庫房，他心生敵意，眼睛馬上圓睜著相視。

「失敬失敬！閣下一定就是繪製《大東輿地圖》的古山子金正浩先生了！」

「閣下是……」

「早就想拜見了。在下是金成日，任職備邊司郎廳。」

「哦，那麼……就是那椴樹林……」

那人不置可否，咧嘴笑了起來。

雖然看起來不是惡毒之輩，但顯然是個胸無點墨的淺薄之輩。備邊司郎廳屬武官，可眼前的來人卻也欠缺武官的雄武氣魄；此人到底就是權重一世的安東金氏門下一員，官拜備邊司郎廳，也是惹出是非的椵樹林的山主。表面上雖只是從六品官，可金氏一族在當朝呼風喚雨，此人背後一定有最高層權力當靠山。石頭的命落在他們手上，不管是不是有強占大東輿地圖的念頭，光憑盜伐樹木的罪名就可致石頭於死地。

「請裡面談吧！」

「不了，在下馬上就得回官府，在木廊臺上坐一下就好。今天一路問到貴宅來花了不少力氣，但想到能拜見景仰已久的、繪製《青邱圖》和《大東輿地圖》的古山子先生，力氣就來了。請別誤會，可能是有人不明就裡而舉發，古山子先生要繪製大東輿地圖用上幾棵樹，那算得了什麼？」

「伐樹的事真是慚愧，原以為那山沒主人，才會……還請高抬貴手，近日內一定把椵樹補種好，也一定想辦法賠償閣下的損失。」

「您儘管寬心。在下來這裡之前已經到漢城府打過招呼。告發已經在案，無法當作沒發生這事，但依在下看，頂多就是挨幾下板就會被釋放。」

他轉頭一看，那人正虛應故事地笑著。

兩人並排坐在木廊臺上，他的視線不自覺地移到簷下的石階上。不知是要磕掉鞋上的積雪還是腳凍著了，那人的腳間歇地往石階上磕，腳上穿的皮革如意靴，樣式精緻牢靠，走在雪上也不礙事。高及小腿脛的靴套邊緣上繡著一輪白色繡線，看來簡練而高雅。

雖現在政治權力架構和從前不同，但備邊司依舊是權力的核心。備邊司曾一度架空三政丞[3]職掌的議政府，所有軍國機務都在其掌管下。光從金氏一族至今還穩穩掌管著軍機大事這點來看，就可明白其權勢之顯赫。過去甚至連選篩嬪妃都在備邊司的執掌下，還聽說過六曹的判書、參判、觀察史、兵馬節度史、暗行御史等官員的任命大權也都在其掌握之中。其他部門的從事官或察訪雖然和備邊司的郎廳屬同階，但權力可有天壤之別。

「我已經看過《大東輿地圖》的木版了。」

稍作沉默之後，那人試圖把話題轉向地圖。

「真是嘆服之至！閣下以十里方圓為一井字方格，還設計成摺疊式以便於攜帶，更有便於辨識的各種圖例標記，真讓人嘆服。最重要的是，那麼龐大的資料居然能縮小刻在小小木版上，實在是巧奪天工啊，真不愧是古山子！」

「您過獎了！」

「這樣精緻的木版令在下大開眼界，提調大人一看也大為讚賞，閣下功業大成了。版刻都完成了嗎？」

3 三政丞指議政府的領議政、左議政及右議政。又指議政府的政承。

「噢，還遠呢，才進行到一半……」

原本想扯個謊，但話尾卻硬是收住。

一番談話下來，來人顯然對地圖不是全然無知，甚至可能比一般地圖專家還略勝一籌。若說是《東國輿志勝覽》[4]或者鄭尚驥的《東國地圖》[5]，一般儒生即使不真懂也都能扯上兩句，但此人居然能拿鄭喆祚和黃燁依照經緯線表所做的《八道分帖圖》來和《大東輿地圖》比較，還明確地指出兩者的差異和後者的優點，實在令人驚異。若不是有石頭的事，他還真想拉著此人一同到疊滿木版的庫房去暢談一番。而因石頭的事，這人對地圖的在行反而讓人不寒而慄。顯然不可小覷此人，那虛應故事浮泛的笑，還有那粗陋無知的表情，看來像是偽裝出來的。

「天色晚了，下次再找機會拜見。」

「還請高抬貴手，慢走！」

他走到柴門前，有禮地道別。

薄暮正一寸寸地擴散開來。那人踩雪而去，腳下的靴子又吸引住他的視線。是鹿皮製的，再仔細一看更看得出是雙做工精細的好靴子。人走路，其實是鞋子帶著人走，那威風凜凜的靴子，就像踩在那長二十尺，寬十尺的《大東輿地圖》上一樣，看來如此蠻橫粗暴。

「噢，對了！」

那人走出十多步後突然轉回頭。

「女公子有點叫人擔心。」

「閣下意思是？」

「剛才進來的時候，女公子好像在畫什麼，在下就不經意地瞄了一眼……接近天主教是很危險的……請留步！」

根本不給他辯解的機會，那人說完就呵呵笑著離開了。

順實還站在棗樹底下，薄暮像吸附在海岩上的牡蠣一樣，密密地嵌在順實臉上。他走回木廊臺，向順實投過去一個疑問的眼神。順實手上的紙頭畫著幾個十字架，那是天主教信徒終日掛在胸前的十字架圖案。

他突然感覺毛髮倒豎。

腦海倏然浮現隔壁驪州大嬸的笑容，她的聲音也在耳畔響起：「在天主教裡，沒有兩班貴族和平民之分，男女也都平等，人人都一樣是天主的孩子。」驪州大嬸人很善良，每次他

4《東國輿志勝覽》為朝鮮成宗十二年（一四八一）編纂，共五十卷的地理書，為朝鮮前期官方編纂地理書之代表作。成宗令盧思慎、梁誠之、姜希孟等人參考明朝的《大明一統志》和朝鮮的《新撰八道地理志》，製作新的地理書，其成果即《東國輿志勝覽》。

5《東國地圖》為朝鮮後期地理學家鄭尚驥采用縮尺概念「百里尺」所繪製的全國八道地圖。

離家遠遊，她都把順實當成自己的孩子一樣照顧。如果被誣陷為天主教徒，恐怕不是簡單的笞刑就能了事的。眼前的每一個圈套都指向死亡。

呃呃，他跌坐下來，內心呼號著。

那人的身影被薄暮吞噬，完全消失了。

秤桿

名山支山，山之大端也
其間有特峙者焉　有並峙者焉
連峙疊峙者焉
經川支流　水之大端也
其間有匯流者焉　有分流者焉
並流絕流者焉
——金正浩，〈地圖類說〉

又一個深夜。
黎明在即。門雖掩著，隔著細糯格門上的白紙，他仍能感覺到外面沉睡的大地正飄著雪。

即使供人們通行的道路都被雪掩蓋，山脈和流水仍然依舊。日月星辰之象融蘊其中，在高拔與伏降之間，正身和影子就依高低而有了區分；在大小明暗之間，實相和虛相也依照遠近而有所區分。天明之後，人們又將繼續開築道路，依照各自的本分和利害關係，結合連盟，追逐生利。如果在盜伐之外，再扣上信奉天主邪教莫須有的罪名，不僅是順實，連自己都可能屍骨難全。事情到了這個地步，只能趕在五更前把昨晚沒寫完的《大東輿地圖》序文——〈地圖類說〉寫完，並且想出周全的辦法安置好木版，這樣必要時才能儘快收拾包袱上路。

他整勻呼吸，調整手腕角度，再度握筆。

晉裴秀製地圖論略曰　圖書之說　自來尚矣

心意已定，視線也沉著平穩。

明日有明日的運道，多愁無益。既然要寫，他就將最早製作方丈圖的晉人裴秀所點出的六項製圖原則一一條列寫下來。這六條原則正是繪製《大東輿地圖》時奉為金科玉律的規則。第一，是測量尺度的「分率」；第二，是活用刻度而定的「方眼」，或叫「準望」；第三，是計算出道路長短的「道里」；第四，是區分出地形高低的「高下」；第五，是標出角度的「方邪」；第六，是定出繞道和直路的「迂直」。這六個原則不能孤立分存，它們彼此影響，相互結合，這樣才能完成地圖。準望一經採定，遠近曲直就跟著確定下來；分率採定之後，依據道理就能定出高下方斜。寫完這六個原則的詳細定義後，接下來要寫的是自己對山脈和水道的信念。

名山支山　山之大端也
其間有特峙者焉　有並峙者焉　連峙疊峙者焉
經川支流　水之大端也
其間有匯流者焉　有分流者焉　並流絕流者焉

名山和其分支總合成山的根本。群山中有兀然聳立的，雙雙並立的，還有重疊聳立的。同樣的，主流和分支河川匯合，是為水的根本。眾水中有迂轉匯流的，有一分為二的，也有二合而為一的，更有逐漸乾涸只留下痕跡的。就和人生一樣，山嶽水脈也絕無孤立生存的道理。大凡好的地圖，首先條件就是明確掌握山嶽水脈的脈絡關係，然後將之一目了然地繪製出來。

父親的身影又悄然浮上心頭。

父親死時懷中揣著的地圖裡的山嶽水脈幾乎都散落孤立，未能連接成一體。人世也是如此，若是人和人，群體和群體無法結合成相通的脈絡，必定導致滅亡。治理天下也一樣，若無法找出山嶽水脈的連接點，也必然失敗。所以，治理國家其實就是要結合人與人、群眾與群眾，不讓任何人感到冤痛委屈。另外，對外要強化防備，對內則需依照各種脈絡的特性，讓人和自然能和諧一體。

當然，地圖之用並不僅僅在於治世。君王和宰相當然應該透過地圖來了解國家疆土的形勢，並以之作為治國的尺標，而百姓也應利用地圖來了解地形以求耕作豐收，還可掌握水脈風勢以保家小生計，進一步可明白地形的急緩危安以導正風俗。

因此，地圖在為國家所有之前，更該屬於百姓。

這正是他堅持將《大東輿地圖》製作成木版本，並設計成摺疊式的最大理由。父親的死，不就是因把地圖看成是國家獨有的偏頗看法而導致的嗎？百姓有了木版本地圖，類似父親那樣的冤死就再也不會發生，這是他長久以來的夢想。

四民行役往來　凡水陸之所經　險易趨避之實　皆不可以不知也

世亂則由此而　佐折衝　鋤強暴　時平則以此而　經邦國　理人民　皆將於吾書　有取焉耳

後半句說的是，若天下紛亂，那麼這《大東輿地圖》有助抵擋入侵的敵軍，擊退凶狠殘暴的攻擊。遇豐年時，這地圖也有助於治理國家，照拂百姓。也就是說，所有人都可從這地圖取得助益。

寫到此，他暫時停下來調勻呼吸。

會不會太狂妄自大了呢？他端詳自己最後寫的文章自問，又隨即搖起頭來。所謂傲慢狂妄，是想壓制掌握一切，談地圖而聯想到傲慢狂妄，這不免太世俗。說來，那些為了便於統治百姓而認為地圖專屬國家的士大夫們才是真正的傲慢狂妄。

他挺直了腰，兩手平放在胸前。

他聽見自己的呼吸，那循脈搏而上的吐納，柔和而炙熱。生命的誕生就在一吐一納之間。那南北長三千六百餘里，東西寬千餘里，壯麗雄渾的江山正以破竹之勢占據了胸口。那曾用雙腳一寸一寸踏遍，用手細細撫摸過的美好江山啊！再也無所懼了。自己這條命，是克服了無數的難關才挺下來的，只要這一片以自己的性命繪出的江山不放棄自己，那有誰能蹂躪自己的性命呢？

黎明即將到來。

門外似乎有風吹過，白色的雪影搖曳著。

第二章

人生

一陣風吹過松林。

那風從何處起，將往何處去？又在哪歇止呢？有生命的個體繪製地圖，和風臨摹地圖是一樣的吧。他微微閉上雙眼，追隨那風而去。

該是啟程的時刻了。

白銅火爐

九萬長天舉頭難
三千地闊未足宣
五更登樓非翫月
三朝辟穀不求仙
——金炳淵，〈自歎〉

過了村莊，繞過一條緩緩的曲徑，一戶端正氣派的瓦房出現眼前。屋子朝南，後邊是一片整齊的松林。雖大門不高，但門環裝飾不像尋常農戶，一眼就可看出氣派不凡。

聽到人聲，一對年輕的夫妻穿著布襪走下土廊臺。

「啊，老爺來了，沒先吩咐……」

「嗯，不用慌張，先把堂屋弄暖吧。」

妙慮很平易地笑著回答。

房間空了很久似的，裡面寒氣逼人。很快地，一個堆著木炭的火爐送了進來，那是個鑲有銀入絲的白銅火爐。用黃銅火箸一捅，炭火馬上上來。

「你也過來暖暖手！」

坐在炕梢上順實只安靜地搖搖頭。

年紀還小的順實跟著大人，在寒風中一口氣趕到這裡，凍得嘴唇和下巴都發紫了。這孩子腿不好，卻有著異於常人的韌性，就算沒有鍋灶也能撐個三年不餓死。要不是憑著這股韌性，恐怕早已倒在半路上。今晨五更一響就告別藥峴，進城和妙慮會合，抵達惠化門時已是卯時。除了路上在一家酒鋪吃了碗湯飯當午早飯的時間，少說也在路上走了兩個時辰，從都城到楊州牧最北端足足有二十里遠。順實把凍僵的雙手放在那顯然比右腳短且瘦弱的左腳上，看來她左腳該是火燙似的痛徹心肺。

然而他並不朝順實那邊看。

馬上就要把這丫頭單獨留在這人生地疏的地方了，而自己何時能回來卻未可知。在這節骨眼上，與其給她溫情，倒不如裝作冷漠無情吧。

選擇這裡讓順實安身是妙虛的主意。

妙虛曾說，自己少年離鄉，對故鄉楊州並無特別的感情。但妙虛將亡妻安葬在父祖輩墳土附近，可見妙虛心裡還是拿這裡當故鄉。妙虛說是安葬好亡妻後，就在墳地附近買下這房子給墳丁夫妻住。今天來此一看，顯然這房子不像是只供墳丁居住。那絲綢褥墊、繡了五彩鳳凰圖案的靠墊，都不像一般墳丁使用的東西。還有東窗下的雙門櫃，乃至擺在上面的燭檯、筆架，還有硯床，上頭還隨意擺著幾本書，大小物品都分明是妙虛從都城裡直接帶過來的。剛才拿進來的炭爐，爐身寫著「和光同塵」四個字，此語出自《道德經》，意思是不張揚自己的才德而隨眾從俗，妙虛向來頗尊崇此語。

「這炭爐是訂製的沒錯吧？」

「哦，是呵，剛好認識一個手藝不錯的冶鐵匠。」

「賢弟打算以後來這裡度晚年吧？」

「沒這回事，只是偶爾哪天突然厭倦了，就來這挽著炭爐睡個暖覺，內人的墳在這嘛。其實，初七不是剛過嗎？那天是內人的忌日。我藉口忙，只讓孩子們來祭拜了一下。今天碰巧有賢兄當藉口，所以特意一道過來。在這裡，您大可放心，倒不是說怕備邊司的人會利慾薰心，誣陷順實是天主教徒而追到這裡逮人，而是賢兄也還找不出頭緒，就當作是避一避風頭吧，都城附近還找不到比這裡更適合的地方哪。再說，我這墳丁很善良勤快，您需要的儘管吩咐。《大東輿地圖》的木版本您儘管放心，我已經安置在絕對隱祕的地方。您就暫時就留在這裡，安心地編纂地誌吧。」

「只要替我照顧好順實就行了。」

「您的意思是？」

墳丁送來一張小茶桌。

妙虛用黃銅火箸捅了一捅炭火，接著把鐵壺擺上去。一陣短暫的沉默。順實在那一頭硬生生地嚥下口水的聲音清晰地傳過來。看來妙虛和順實都沒看出自己已作好離開的打算。茶几上是雪白的茶罐和熟盂，還擺著剛蒸好的，冒著熱氣的番薯和栗子。

「老爺，飯開始煮了。」

年輕的墳丁搔著後腦勺說。

「不用急。路上吃了些湯飯，中飯等一會再吃無妨。你可以下去了。呵，順實哪，過來吃吃番薯，看它們長得多好，一定很甜。」

妙虛微微笑著，看來真是個好人。

屋後松林裡飛出一群鳥，是冬天的候鳥吧，牠們急促地拍動翅膀，喧喧嚷嚷地飛過東窗。他不用看就敏銳地察覺到，順實眼裡不知何時已經噙滿了淚水。他粗魯地一把抓起番薯，卻因太燙又趕緊鬆了手，結果番薯掉落到地板上，發出「噗」的一聲，黃色泥狀的番薯爆開散落在地板上。

「天氣這麼酷寒，真要離開？」

「唔，是炒茶哪。」

他倆東問西答地交談。

那椴樹林的主人，備邊司郎廳金成日畢竟還守承諾，見面的次日，被關在漢城府的石頭挨了三十大板後被放了出來，那大板也只是虛應故事罷了。

然而事情並未結束。

隔天金成日又再度來訪。

而且這次不是獨自前來，同行的是一個從五品判官，這判官露骨的懷柔或不動聲色的威脅手腕，都比金成日更棋高一著。先大大誇讚他早先完成的《首善全圖》和《東輿圖》一番，接著大談時下思想風潮，說什麼要完成改革，就必須將眼下少壯儒生所崇尚的實學精神當作最重要的經世指導原則。還說如果優秀人才卻受限於身分尊卑，無法發揮才能伸展抱負的話，那就算不上是實事求是的新時代等等，一句緊接一句，句句逼向核心。等於是告訴他，只要他肯點頭，連備邊司郎廳的位置也可商量。那判官的氣勢讓他一下子領悟到，這批人是絕不會輕易善罷甘休的。若《大東輿地圖》不得手，別說是拿信奉天主教的名義來誣陷，甚至可能會強裁逆賊罪名也在所不惜。正因為這樣，第二天他就匆匆把《大東輿地圖》的木版交給妙虛，並著手準備離開都城。幸好妙虛一聽他的打算，馬上理解他的用心而願意提供協助。

「夫人的墳墓不遠吧？照理該過去上香……」

「哪裡，這怎麼敢當！」

妙虛一邊用手勢辭謝，一邊就站了起來。

「怎敢勞煩您呢！很近的，我去去就來。賢兄現在此暖暖手。火上來了。順實休息的裡間我也馬上叫人把炕弄暖。」

外面又響起鳥群「噗哧噗哧」的振翅聲。

妙虛硬是將要起身的他按了下來，然後一手提起長袍，一手推開橫推門走了出去。門外一群山雀嘰嘰喳喳地飛著，像是對準對面積著雪的山頂似的，越飛越高。陽光從山頂上反射回來，像匕首一樣刺痛了眼睛，他閉上眼又勉強睜開，妙虛清晰的背影消失在橫推門後面，不見了。

炕板上漸漸溫熱開來了。

他原本想隨妙虛出去，但最後還是坐了下來。妙虛喪妻已經十多年，憑妙虛活躍的性格和財富積蓄，再找個閨女為妻並不難，但至今未娶的理由，想來該是和死去的妻子感情深厚。

今天妙虛難得來此，還是該讓妙虛單獨和亡妻相晤比較好。

「過來靠炭爐近點，丫頭！」

順實一聽馬上蹭著挨過來。

屋後松林傳來的風聲聽來就像鐵壺的水燒開的聲音，不，更像遠處哪家傳來的淘米聲，依稀邈遠。他一邊豎起耳朵聆聽，一邊特意拿起番薯剝了皮遞給順實。那冰冷的手，做過太多粗活而跟鐵刷一樣粗糙硬扎。順實低著頭，眼眶裡滿是淚痕，在陽光的照射下，閃爍顯眼。順實像她娘，睫毛長而整齊。看著看著，他的心像初冬江上剛結的薄冰，瞬間破裂四散。

「丫頭哪……記不記得你娘？」

「……」

順實握著番薯的手在發顫。似乎是那尷尬的沉默撼動了她心裡哪個角落。他自責不該提出這個不該提的話題，下意識地翻攪著爐裡的炭火。是櫟木燒成的炭。火呼呼地上來了。

今天確實和往常不同。

「你娘……一直……像睡蓮一樣沉靜……」

順實的眉更低了。心裡的話一說出口，往往就擺脫了意志的駕馭，再也控制不住，不該說的也都逕自流瀉出來。他用力閉緊嘴唇，硬是吞下就要脫口說出的話。順實到自己身邊時才五歲，對娘應該沒有什麼印象。

多年前某一天，他剛從麻浦渡口經萬里崗回到藥峴村，順實握著一個闊肩圓臀的老大嬸的手，站在他的柴門前。那是他剛將《首善全圖》公諸於世後不久的事。

哎呀，是金木匠沒錯，沒錯哪！

這闊肩圓臀的老大嬸一見他就以震耳欲聾的嗓門呼喊著。這老大嬸是誰呢，分明在哪見過，卻怎麼也想不起來。

他一時接不上話，只乾眨著眼睛。

過去在各村莊落過腳的寺刹像走馬燈一樣在腦海裡來回輪轉。分明在某個佛寺裡見過，但到底是哪個呢？他在一些寺裡做過刨磨手和小木匠，在其他寺裡當過伙夫，還有的時候，只是掛單的食客。

到底在哪見過呢？

一個滿臉落腮鬍子的木匠師父，還有一個特別嘮叨的癟嘴小木匠的身影浮上腦海。那個落腮鬍子木匠師父專門修建佛寺，是在金剛山支脈連接的三億洞山谷一帶流浪時認識的，當時自己大約還不滿二十歲吧。離開兔山後就在黃海道一帶任意流浪，既然注定要在風塵中過日子，那就索性走到天涯海角吧。先在平安道、咸鏡道海邊一帶流浪，然後沿東海海岸線南行。就是那時在那木匠師父手下幹了一年的活，每天就依木匠師父畫好的墨線刨磨木料，還得聽小木匠無端挑剔和嘮叨，後來當上小木匠，做了兩年。此後他一直浪跡四方，能吃飽穿暖不挨餓受凍，靠的就是這一段時間裡學來的木工手藝。

從來如此，從來沒有已經安排好的路，也無法知道路會在何時終結。

這一路行來，借住在人家的下屋或者庫房以避夜露的日子不少。若要逗留久一些，那怎麼說也屬佛寺最合適。沒有哪座佛寺的殿閣完好無缺到他的手藝派不上用場。很多寺的椽木老舊得換新，這樣待上十天二十天是常事，還有些寺裡必須換新屋脊，那就得重新製作咬合得緊的榫卯，加上整修房梁，一待月餘是常事。事實上要了解當地的沿革和山水地形，並一一確認當地的城池、營衛、鎮堡、鋒燧、倉庫、驛站、陵寢、土產、津渡、真殿、祠院和典故等等，不停留上一定的時間是辦不到的。一般官吏見識狹隘，往往只將各級官府能任意苛斂誅求的地方當國土。其實，寺剎裡擁有比官府更多的當地資訊，因此待在寺庵裡對他而言是一舉兩得。身懷多種手藝的他，靠著修繕失修的殿角，便可不愁吃穿，還能拿到不薄的報酬，而那些珍貴的山水地形資料，也讓他的包袱一天比一天充實。

還不快過來叫爹！趕緊向爹問安哪！

那老大嬸嘴巴裡吐出的話，簡直是晴天霹靂。

什麼！爹？

先前那極短的一瞬裡，深埋在記憶中的無數殿閣在眼前走馬燈似地盤繞迴旋，卻沒有一絲一毫的線索可尋。一聽到那闊肩圓臀的老大嬸用震耳欲聾的聲音說出「爹」時，他眼前浮現了一座潔淨清爽的尼姑庵，尼庵在厚厚的積雪環繞下，沉浸在一片莊嚴肅穆的寂靜裡，那影像清晰如在眼前。那是位於泰安，惠連師父的庵子。

那麼……難道是惠連師父？

好長一段沉默，他覺得天旋地轉，好半晌才穩下來。然後他才猶猶豫豫地走向靠在柴門門柱上的孩子，伸出手握住她的手，那手掌細弱無骨，像小老鼠一樣。

那是他和順實的第一次相會。

順實的骨架遺傳了她母親，雖說已五歲，但給人的第一印象像個小麻雀，小而瘦弱，只見無精打采的眼睛和長長下垂的睫毛，在萬里齋的夕陽餘暉的斜照下一閃一閃。喏，惠連師父給了這，叫咱家帶著這孩子到漢陽找金木匠……。

那老大嬸拿出一張皺巴巴的東西，冷不防地遞了過來。

那是張郡縣地圖，是他繪製《青邱圖》時所畫的。他這才回想起，自己逗留在那間尼庵的下屋時，每天早晚送飯來的那位闊肩圓臀的老大嬸那雙像耙子一樣的手。老大嬸手腳遲緩，因此人戲稱為烏龜菩薩。老大嬸又開口了，說這孩子的娘嚥氣前，把寫著孩子爹名字的紙條和一點路資交給她，就這樣把孩子託給她。那郡縣地圖的一角上，還寫著藥峴村幾個字。

是孩子的娘臨死前寫下的嗎？

坐在木廊臺上，惠連師父澄亮的眼睛就會悄然浮上心頭。風吹拂下，倒映著冬青樹葉的井面盈盈搖盪，粼粼光影映照進師父的眼底，那清澈明亮的雙眸，彷彿隨時都會溢出淚水似的。如果天命如此，那時她那哀戚的眼裡應該已暗示著，只怪那時自己太粗心沒察覺出來，不覺心中一陣酸楚。惠連師父何時離開人世？臨死前留下什麼遺言？一個尼姑腹中懷了孩子當然得離開佛門，那麼這段日子她在哪？那辛酸的日子是如何熬過來？現在，該由他來弄清楚這些。大概厭膩了漫長的跋涉，只見老大嬸衝進廚間，舀了一瓢水，咕嚕咕嚕地吞嚥下去。一喝完轉身對孩子說，跟著爹好好過日子！說完就轉身朝來時的路逕自走了出去。

喂，等一下！

他才追出兩步，身旁的順實就再也按捺不住嗚咽，一瞬間爆發出來。他一時不知如何是好，呆立在那裡，一會兒看著那孩子，一會兒轉頭望向外面那疾步而去的老大嬸的背影。

此後，再也沒有惠連師父的消息。

那以後，他再也沒見過老大嬸，睡蓮般純潔高雅的惠連師父的去向也當然杳無音訊。惠連師父為了這孩子必然受盡痛苦，就算是託夢也該來訴衷情，然而一切杳無訊息。大約在那的第二年，他曾重訪那尼庵，只見大門上插著木板，上面牢牢釘上大釘，門戶深鎖。從矮牆往裡望，庭院裡長滿茂盛的野蒿，看來已經久無人跡。

「爹不該提這些……」

過了好半晌，他才又開口。

心中有千言萬語，想告訴順實，你娘是個尼姑。不，身分有什麼重要？重要的是，惠連師父這麼早離開人世，絕不是她的天命，而是因腹中懷了孩子，承擔無數的煎熬苦楚所致。一個尼姑肚子裡有孩子，若宣揚開來，世人如何看待不問可知。所以他很早就下定決心，一定要找到惠連師父的靈前，跪下來懺悔自己的不是。人云善因種善果，惡因得惡果，自己所種的惡因該由自己來承受。如果因為自己而讓惠連未能享天命，就算自己死後進入八熱地獄也無以消除這業障。何況，自己和惠連師父始於善緣，最後卻以惡果終，這實在令人無言以對。

他終究開不了口。

這一段因緣，不始於那尼庵，也不始於惠連師父。就像所有山脈都無法孤立，所有水流也都無法停駐一樣。

你娘的故鄉在黃海道的穀山。

每當要把這些已經提到喉嚨的話強忍下來，都弄得他全身發顫。細想種種前因後果，自己和惠連的因緣其實始於老家兔山和穀山之間，鶴峰山連接高達山的那個交會點。那是父親含冤而死，也是惠連師父母女幽冥兩別的地點。但對一無所知的順實，這段奧祕不可思議的因緣該從何說起？不，說明不了，連自己都對這關係著前世今生的宿世因緣之奧祕一無所知，到死都無法弄明白。就像自己雖然完成《大東輿地圖》，卻不能說就已認識了國家疆土一樣。

一陣風吹過松林。

那風從何處起，將往何處去，又在哪裡歇止呢？有生命的個體繪製地圖，和風臨摹地圖是一樣的吧。他微微閉上雙眼，追隨那風飄然而去。

該是啟程的時刻了。

終於拿定主意。

順實還拿著剛才他給的番薯，沒吃也不好放下。他想先到橫亙在兔山和穀山之間的峻嶺看看，因為要編印出與《大東輿地圖》配套的《大東地誌》，有些編目裡的部分資料還需實地確認一下。再說，在此終日無所事事地當食客，一來他性情上做不來，二來眼前局勢也不適合。既然要走，越早走當然越好。

「丫頭，你暫時就待在這裡吧！」

「……」

「可以回城裡時老爺會告訴你。這次爹出門不會太久。你都已經來到該找婆家的年齡了，還沒替你找個適當的人家是爹心頭的遺憾，但緣分未到，也強求不得……」

「爹要走，至少今天也該這睡……睡上一天……」

淚水在順實眼眶裡打轉。

「咳！跟著爹這麼久，還不知道爹的脾氣嗎？快別哭了！人生啊，有兩種，你看這白銅炭爐，這樣一擺，很穩當牢靠吧！有人就像這樣，找個安穩的地方，往上一坐，挽著這樣的炭爐穩穩當當樂天知命地過日子。而像爹呢，一輩子四方飄蕩……這是另一種知天命的方式。爹命中注定……沒有炭爐。」

外頭傳來人聲。

順實趕緊放下手中的番薯，拭了淚回到原先坐著的炕梢。妙虛推門進來。遠處山頂上似乎起了旋風，妙虛身後遠處山頂上一片白茫茫的風雪，在陽光交錯下剎那間一道彩虹乍現。這廣袤的江山是如此澄明，想到自己就要隻身潛進這壯麗的江山，心頭突然一酸。

「賢兄的牛脾氣誰能攔得住呢！」

妙虛脫下毛皮袖套給他，無可奈何地聳了聳肩。

吃完墳丁準備的午膳，他準備好動身，正往大門口走。此時午時已過，照理說今晨黎明前就出門，一口氣趕到這裡，理當留宿一晚明早再上路，但他明白若在暖烘烘的炕上舒服地睡上一覺，明早心情只會更沉重。既然要走，不如趕緊上路，太陽下山之前應該可以趕到坡州或者臨津浦。

「對了，賢兄打算去哪？」

「想先回老家兔山崁看一下，先父的墳太久沒回去看了。」

「都城裡應該很快就會平靜下來，早去早回吧。」

「嗯。丫頭，在這可要多幫著做點事。」

一轉身，身影往東邊拖得老長。

大概是剛才的山雀吧，爭著幫他引路似地飛在他前頭。北風呼呼吹著。身上穿的是新鑲上棉裡的短襖和褲子，外罩一襲棉長袍，足履毛皮靴子，穿得如此嚴密，再刺骨的北風也不用畏懼了。背上的包袱沉甸甸的。

一直到轉出小路前，他頭也不回地大步往前。

不用看也知道，順實此時定是滿臉淚痕地拉著門閂站在門口。這丫頭雖已二十好幾，但還不到五尺高的個子看來就像個孩子。他知道若回頭，胸口將如同要塌陷般，因此他鐵了心似的快步前行。走完曲折小徑出了村莊，進入眼簾的是一條沿著寬廣河道呈弧線展開的石子路。河畔白楊樹底下一叢叢的紫芒被風吹得低頭搖擺，有些還垂進河裡吃水。

竹杖敲在結凍的石子路上發出的聲音很是悅耳。

那竹杖是他為了保存地圖之類的紙張而構想出來的。把手部分用火烤過，像耙子般彎曲著，可以隨時抽拔出來，地圖草稿放在裡面蓋緊就不用擔心風吹日曬。那河面時寬時窄，往北流去，想來一定是臨津江的支流。迎面吹來的北風像刮刀般冷冽，他縮著頭前行。

兔山，久違了！

心思早已飛向老家兔山，但眼前依稀浮現的卻是縱分兔山和穀山的莽山峻嶺。鬱鬱山林、絕壁斷崖、亂石山洞，還有依稀難辨的野獸小徑，一幅幅影像交縱恍錯，浮現眼前。

記憶中，父親墜落倒栽在一個斜坡下，那邊山坳裡，石頭的父親和另一人相擁凍死，還有個隱蔽在崖壁下的山洞裡，惠連師父的娘昏死在裡面。首次離鄉的十歲稚子，等在前面的卻是沒有出路的絕路。拂曉的天際幽暗靜謐，和現在一樣北風呼嘯。他回想著，還不到五月的凌晨，險峻峭壁間北風狂掃，像在逞威肆虐似的。千萬別落到像你爹的下場，不要回頭，往南走，往你知道的路走，一直往海州走！海州大嬸一面把冰涼的粗麥糕放進小布袋綁在他褲腰上，一面半威脅著催促他上路，那響亮的聲音還似在耳畔。

那是四月末，一個烏雲滿天的拂曉。

銀髮簪

夫青松為友，白雲為伴，
枕石漱流，煙耕汲月，
其名豈不美哉。
然此自上古，禮文未備，
舉世皆民之事。
——李重煥，《擇里誌》

在官民合組的搜索隊處理好父親和其他二十三人的屍首之後，只有少數幾個腦筋單純的百姓認為事情已經告一段落。這些平生連環刀也沒握過的百姓之所以冤死，其實是被前任縣監的花言巧語所誘，當上假兵，最後走上死路。那縣監雖因此而獲罪罷免，但一直留在縣裡未曾離去。一些機靈的百姓已經敏感地猜到，縣監背後一定有靠山。

收尾工作更是疑雲重重。

當初縣監承諾免除這些支援兵家裡的田徵、軍布、還穀等，現在這些人死了，官府更該發出補償金，但接任的縣監卻採取此一時彼一時的態度，一味拖延原來的承諾。很多人猜測，若要履行前任縣監的承諾，一一補償的話，那麼海州牧使該負的責任當然會被追究，所以官府拖延時間其實是在找藉口推翻原先的承諾。

人們的預感果然言中。

這次又是海州大嬸救了他的小命。那天他跪在山櫻樹環繞的兔山縣衙門前，求官府找回父親，最後昏厥倒地時，也是這個海州大嬸讓他躺平，用湯勺強灌水才救了他一命。大嬸有個在衙門裡當吏房的小叔，大概是這小叔先一步獲知衙裡的動靜而向大嬸透露口風。那天他一個人睡在家裡，柴火已盡，地板冰冷刺骨，忽然有人搖他，睜眼一看，是海州大嬸。

「哎呀，現在可不是躺著的時候哪！」

海州大嬸怕給別人聽到，壓低了嗓子在他耳邊說。

「天一亮，官府的人就會來逮捕你，如果被逮，你小命就難保了。說是找到證據，說你大哥是洪景來什麼的手下，也不知道是真是假，反正說是你大哥被斬首了，他口袋裡找出張寫著你爹和你名字的紙。現在外面還傳說引發亂事的那領頭又活了過來，這樣官衙的人怎麼會善罷甘休哪？反咬一口說你們一家是逆賊，那後果可就再清楚不過。事情已經到這地步，你趕緊逃命吧！」

「我大哥，不是逆賊！」

「哎呀，這世上哪還有什麼對跟錯呀！你這小傢伙。官府裡說白就是白，說黑就是黑。唉，誰叫你逞什麼強到官府前去訴冤呀？那個被罷免的大人不要你的命怎會甘休呀！換上我大概也會這麼做。害他丟了官的人，他怎會輕易放過哪！噫，哭什麼，還以為你這小傢伙膽量大，怎麼這節骨眼上光會哭呀！喏！沒什麼好收拾的，我隨便給你收拾了包袱，來，背起來，還有這，喏，是粗麥糕，帶上！千萬別像你爹那樣死得那麼冤枉。往南走，往你知道的路走，一直走到海州，到那裡的船艙找一個六指大叔，是我娘家親哥。」

海州大嬸一口氣說完，氣都不喘一下。

他臨上路前翻找父親放東西的文契匣，裡面有一支銀髮簪，父親喝醉時常背著人拿出來反覆撫摸。他一把將髮簪握在手中，眼裡霎時噙滿淚水。爹說那是死在海裡的母親用過的。就這樣，他腰上揣著粗麥糕，肩上斜背著包袱，上路了。

夜空沒有半點星，一片漆黑。

海州大嬸催促他快走別回頭的手勢一消失在黑暗中，恐懼馬上襲上心頭。從來，他所看過的山嶽河川全都是相互連接，絕不分散孤立。但是，人們卻告訴他，母親死在海上，唯一的哥哥被斬首，父親也迷失在山林中凍死。似乎只有人才會四散分開，孤伶伶地死去。

迎面一陣風襲來。

好久好久，被恐懼攝住的他就這樣茫然不知所措地跌坐在地上，直到一抹晨曦照亮東邊天際，他才拉緊腰帶，開始上路。雖然年紀還小，但他已明白，這條路再害怕也得自己走下去。自己從小的心願不就是走遍天下尋找山的開端，水的起源嗎？這一次一定能見到那像芙蓉一樣美麗的母親。這樣一想，心中的恐懼才消失，腳上也使得上力了。

約莫走了近一個時辰。

他停下腳步，舉目四望，別說是兔山了，連一個村落也沒有。就在那一瞬，東邊天際閃現一道日暈，隨即又消失不見。

一片墨黑的烏雲把鶴峰山山峰吞噬了。

這時他才頓然發覺，自己錯過海州大嬸指點他的往海州的路。不，也許他下意識就不想往那裡走，或許是父親的魂魄在呼喚他。在黑暗中頂風疾走了一個時辰，結果竟走在父親變成冰冷屍體的那條路上。

他就地坐在斜坡上，拿出粗麥糕吃了起來。

路還往前延伸。之前搜索隊進山尋人時他跟著來過，所以對附近還不算陌生。他天生有認路的好眼力，能依山勢水文判斷出方向，只要走過的就不會忘記。有幾次在深山裡找不著方向，但總能無事脫困。他知道，所有的山嶺都有路可繞過去，所有的山脈在山腰附近都有路相通。

對這些，他像動物一樣能用五官感覺到。

他想起大人們說過，從父親死去的地點翻過一座山嶺，就可到達一個叫穀山的地方。他不知道海州在哪裡，但既然已經錯過了，他不想回頭。

此時天色已大白，四周一片明亮。

若是走回頭，說不定兵卒們就守在路口搜索。海州大嬸已經警告過，被抓了就會被誣陷為逆賊，遊街示眾後斬首。他曾在東軒前庭，從門縫中偷看過罪犯被處杖刑的場面，犯人白麻衣裡滲出血水的樣子非常可怕。若是被斬首，那殘忍和痛苦不知道要多幾千倍幾萬倍。

爹！

他喊出聲來。

父親命喪黃泉的高達山山頂在烏雲的籠罩下依稀可見。雖沒有回聲傳回來，但循著父親走過的路能減少一些恐懼。這是條只有野獸出沒的小徑，這一路上所見的山坳、陡坡、松林、小溪流，還有嶙峋的怪石等等，在眼前交錯晃動。說到恐懼，兵卒當然可怕，儈子手手上的鐵刀更不用說。然而山卻不會讓人恐懼。

他整了整包袱，奮力站了起來。

高達山險峰峻嶺下的山麓寬敞平坦，像是在向他招手。他快步向前，忽然胸口「噔」的一聲，原來是轉過一個彎，山路突然變成碎石坡路，斜坡岩石下開著一叢黃花。哎，孩子，那草不能吃！是父親的聲音。對父親來說，花草只有兩種，一種是能吃的，另一種是不能吃的。他不費力地攀上滿是碎石子的險坡。

現在，再也沒有回頭路可走。

真的是高達山的冤魂在召喚他嗎？

被人世遺棄，舉目無親的他，就像一輩子在兔山縣當兵房的金海俊一樣，也像為了免繳田政、軍布、還穀而應募支援隊的其他二十三名百姓一樣，此刻正一步步地走向死亡的迷宮。白頭山主脈分出狼林山支脈之後，以破竹之勢往南疾奔，依次穿越馬踰嶺、橫川嶺、豆無嶺、雲嶺，勇猛地直衝豆裡山山峰，然後轉西南叉開，直抵江華北端。十歲大的他正要獨自進入這遼闊的崇山峻嶺中。

比飢餓更可怕的，是嚴寒。

雖說節氣已進入春季，但在海拔漸高的無人荒山裡，深夜裡還是酷如寒冬。背陽的山壁上殘雪未化，黎明前的嚴霜更是凍徹心肺。雖說有認路的好眼力，但山上的一切都隨著時間和天氣瞬息萬變。就這樣，他靠搜索隊留下的模糊痕跡前進，但不到一天還是跟丟了那線索。凜凜寒氣滲入骨髓，還多次在陡峭的險坡路上失足，跌得雙手和肩膀皮開肉綻，更多次困在荊棘叢裡半天無法脫身。

比寒冷更可懼的，是野獸。

他曾在陡峭蜿蜒的路上和一隻野熊撞個正著，那是一天在岩洞裡過了一夜之後的次日清晨。熊大概也吃了一驚而猛然豎起前腳，個子比父親還高，肩膀比黃牛還寬，嚇得他手腳發軟跌坐在地上。還好熊似乎沒把他當侵犯者，只用前掌在地上刮扒了幾次就轉身離去。還有許多次看到山獐、野兔、青鼬，更曾和野狼擦身而過。一入夜，山裡遠近都是狐鳴。深山之所以是深山，是因為有許許多多活生生的動物生存著，若入夜還困在山裡，就得找個洞口狹窄的山洞容身，以免遭野獸襲擊。

在將睡未睡時總有夢境出現。

凍死的父親似乎就在眼前，被斬首的大哥咯噔咯噔地向自己走來，雖然有時也夢見自己被美如芙蓉的母親擁在懷中，但那往往只是一瞬間的夢，母親的臉龐也總是模糊依稀。夢醒後，他心中總湧起一股強烈的思念，思念那無緣謀面的親娘，經常淚流滿面。夜裡，他就蹲坐在岩洞裡，一邊拿出銀髮簪反覆撫摸，一邊望著天際閃亮如銀珠的星星，嗚咽飲泣著。

那顆星叫黑暗之星，你看，很亮呢！

崔漢綺天真的聲音似乎就在耳畔。

崔漢綺告訴他，那顆星並不是因為太暗而被稱為黑暗之星，而是因為它是天暗下來後夜空裡最先發出亮光的一顆星。崔漢綺還說，如果在黃昏亮起就叫黃昏之星，也叫黑暗之星，在凌晨亮起的叫啟明之星。它時而在東，時而在西，都是同一顆星星。星星隨著季節變換位置，但有一顆星永遠都固守在北邊天空正中，那就是北辰，也叫北極星。北極星和另外六顆星在天際呈勺狀分布，叫天闕，前端的四顆星叫魁，後面的三顆星叫杓，這也是崔漢綺教他的，是的，就是那孩子！漢綺教他的那些星辰知識讓他懂得判斷方向。

高達山在兔山的東北方。

在山中他以北極星當基準來判斷方向。但星星並不每天都亮。第一天晚上下起毛毛雨，第二天晚上雖沒下雨，但半邊天空布滿烏雲，因此他好幾次在山裡迷失方向，總得耗費半天的工夫才找回原點，更常在好不容易攀上陡坡，結果卻是絕壁而必須再循原來的陡坡下來。

到了第三天，他感覺到死亡逐漸逼近。

兩天前吃下肚子的粗麥糕早就完全消化完畢，飢腸轆轆。身上多處跌倒刮傷的傷口一直沒結痂，左膝蓋也因扭傷而無比痠疼，攀上岩塊要一腳提空都極度困難。他也曾想過返回兔山，但回去的路一樣緲不可尋。有時突然一陣暈旋襲來，眼前的樹林一下模糊，一下清晰。如果有張地圖就不至於迷失在山裡吧。

父親也是這樣迷失在山中，最後葬身荒山的嗎？

如果死後能與父親相逢，或者能見到母親，那麼也許就這樣被拉進死亡的黑洞會更好些。在地勢低的地方找水喝不難，但也許是接近山頂了，連一滴水也難以覓得。眼前盡是岩壁相連的險峻山嶺，他嘴唇乾裂，舌頭也失去知覺。父親也是這樣迷失徘徊，最後失足跌落山崖而送命的吧！

啊！爹……

他跌跌撞撞地呼喊著。

就在此時，父親的身影出現了，就坐在峭壁上的一個平坦的岩塊上，開口說，孩子，渴了吧？這裡有水，快過來！父親張開嘴笑著。那是告別兔山的第四天晚上。

他一瘸一瘸地，奔向父親。

但，真是不可思議，父親的臉忽而變長，忽而變寬，與之所至似的瞬息萬變。才看著鼻子變長了，接著唇形也扭曲了，再來是整個頭拉長，臉頰卻鬆垮下來，浮腫得像熟爛的酸漿果。大概是父親要把戲來逗自己開心吧，他想擠出笑容來讓父親高興，但臉上肌肉卻一點也不聽使喚，他傷透了心。

眼前忽然一片黑。

更叫人驚愕的事發生了。

不知怎地，他悠悠地回過神來，發現自己竟然正吸著母親的奶。他一驚猛然往後一抽身，但母親卻一手托拉住他正抽離的後腦勺。沒關係，孩子，多吸點，母親無聲的話語從手上傳過來，那話直直射穿心坎。他似乎是進入死亡的黑洞，和往生已久的母親相逢了。

他熱淚盈眶。

他哭著，但或許是太過飢渴之故，依然使勁死命吸吮母親的乳頭。雖然奶水不能滿足他所需，但那甜甜膩膩，還帶點酸的奶水畢竟濕潤了他喉嚨，嚥進肚子裡。

他不知道自己身在何處。

黑暗中，似乎從某個方向射進來一束灰紅色的光，但卻模糊難辨。也許死後的世界就是這樣，一半光明一半黑暗混攪成的迷離恍惚的世界。母親的下半身光線亮一點，上半身部分則暗一些，下半身覆蓋著的裙角大概是夕照的關係，映著紅光。

他拚死命地吸吮母親的奶水。

是芙蓉花的香氣嗎？有股帶點血腥味的，又有點像香粉的香味，輕輕地拂過他的鼻子。剛才向自己招手的父親一定就在附近，但父親是不是在，已經不重要了，因為母親所在的地方就是大地的開端、江河的起點，也就是天地的起源。

眼簾不知不覺地垂了下來。

不行，得先看清楚母親的臉！

但睡意強拉著他往黑暗中去，那力道比水鬼還大。只要含著母親的奶，黑暗再深也就不怕了。他睡著，但還死命緊緊咬著母親的奶吸吮。遠處有一絲微薄的光線在閃動。他突然想起包袱裡的銀髮簪。娘，髮簪我帶來了！他似睡非睡，無聲地說著。母親繼續用溫暖的雙手托著他的後腦勺。

刻誌石

人間夢境鏡中像，
冷暖起伏變無常，
萬物朝綻夜自凋，
富貴榮華轉眼空，
紅顏易老不可留，
萬般皆夢死亦生，
孰真孰假孰能斷。
——朴趾源，《熱河日記》

他在兔山停留了一天。

到兔山的第一天他就聽說海州大嬸已經離開人世，子女們也都離鄉四散。往昔的衙門依舊，重樓閣樓上的板門，看上去依舊威風凜凜。特別是衙門前那已屆古稀的山櫻樹，葉片雖已凋零落盡，卻依舊貴氣十足。十歲的他在櫻花花苞將綻未綻的樹蔭下，鏗然一聲雙膝下跪的影像依稀浮現眼前。半世紀的歲月悠悠流逝，那久遠的過去幾乎已完全被遺忘。

他首先來到父親的墳。

離開都城時他將《大東輿地圖》中兔山和穀山一帶的兩張木版本地圖帶在身上。穀山部分是二十二帖中第十帖的第四摺，兔山則是十一帖裡的第三摺。繪製地圖時他把全部國土縱向依每一百二十里切割成二十二帖，橫向則依每八十里分割成若干摺，為的就是讓百姓們能挑出需要的部分輕便攜帶。好比說從都城到江陵只要帶著第十三帖的四摺就夠了，不必費事地帶著全圖。過去，地圖從未以這樣便捷的方式設計，說來就是因為官吏和士大夫們認為地圖專屬朝廷所有，那種唯我獨尊心態所致。

憑什麼說地圖專屬朝廷所有呢？

百姓們本就該往來溝通，物質上也該互通有無。再說，對地形面貌和水文分布有所了解的話，對外可禦敵，對內則能有效開發資源。所以他一向認為，官府不該將地圖收歸己有，而該將地圖提供給百姓使用，以讓地圖的效用充分發揮。

他來到父親的墳前，把地圖呈到父親靈前。

若父親有這兩張地圖就不會枉死深山，其他二十三條人命也一樣不會白白送命，想到這就感慨萬千。父親的墳荒廢太久，幾乎已經坍塌成平地。他從附近拾來一塊花崗石，用隨身帶來的鑿子草草刻上「金海俊之墓」五個字。一般人都會在碑座上豎立一塊碑身，然後再放上碑首，讓墳墓看來更有氣派。他也想過這樣做，但再一想，覺得那只是毫無意義的表面形式罷了。父親的墳土已經坍塌，日久之後恐怕也會無跡可尋，所以他才安置上這塊標誌石來標示位置。刻上父親生辰和去世年月資料之後，看來不像墓碑，倒該算是防止墳墓流失的刻誌石。

那年嚴冬，暫住在惠連師父尼庵的景象悠然浮現眼前。

之所以會留在那座尼庵，是因通往山門的一處林間岔路需要立一塊標誌石來指引往尼庵的方向，他受託製作因而留了下來。以前停留在北部邊界江界時，曾有一年多的時間跟在石匠身邊，石匠專門製作墓碑、頌德碑、寺碑，還有望頭石、龜趺、石供桌等各式各樣石雕，就這樣他學會了石刻的基本工夫。另外，還曾在狼林山山麓利原附近的採石場挖採花崗岩。從十歲開始四處流浪，他能不挨餓不受凍，靠的就是做些鑿石、鑄鐵、雕木的工作。雖然哪一項都說不上是一把手，但漂泊無依的生活畢竟太艱苦，為了生存，什麼事情只要交到他手上，都能做得有模有樣，足夠混個溫飽。一直到二十歲之前，他曾在石工、冶鐵師父、造船廠船長的手下做事，還輾轉待過採石場、鐵礦廠、伐木廠等，唯一沒做過的是農耕。因為在農家當長工，得等到秋收時才能拿到報酬，所以即使會挨餓，他也從沒動過當長工的念頭，因為農家長工不能想走就走。

在他的腦海裡，萬物都會變化，都會流逝。

山看來像是靜止的，其實卻無時無刻不在變動；江河雖亙古流淌，事實上今日之水已非昨日之水；樹木也一樣，隨季節變換而變化著；鳥兒也有牠們的道路，年年飛來飛去，就連星星也隨著時間隨著風向而改變位置。天下萬物沒有任何一種事物是永恆不變的。

不管流浪到哪一個村莊，他總習慣在進去時先觀察好離去的道路。

次日恰是兔山市集的日子。

因此路上需要的東西很容易備妥。

除了一個短柄的鎬頭和幾張白紙，很幸運的，他還用很低廉的價格買到可以往下拉罩住臉頰的毛皮帽子和綁腳布。包袱裡有一個幾年前惠岡贈送、清國製的羅盤針。離開兔山後雖曾回來過幾次，但他即將踏上的這條路卻是十歲離鄉後的首次，這條令他魂牽夢繫的路，為什麼會遲至現在才再次踏上呢？
他感慨萬千地舉目眺望高達山那頭。
活著走出高達山的昔日記憶恍如夢境，深埋記憶中的崇山峻嶺此刻似在急切地招手呼喚著他。過了山腰想必積著雪，但對已經徒步踏遍疆土每一寸土地的他，這一點都難不倒他。唯一擔憂的是找不到那隱蔽的岩洞。那個不惜以最後一滴奶水救他一命，最終嚥氣往生的女人，遺骸應該還在岩洞裡。雖然時荒日遠，但只要能找到那個岩洞，山裡人跡罕至，至少骨骸應該還在。他希望在骨骸流散之前儘快將之收拾整頓好。
那是他此生必須完成的任務，也是義務。
拼湊種種線索，可以斷定那確實是惠連師父母親的遺體，也正是受不住官府苛斂誅求和欺壓逼迫，起而攻進官府、攻破監獄的民亂首腦朴大成之妻的遺體。
世間竟有如此曲折的因緣！
突然心頭一陣酸楚，他深深地吸了一口氣。
這個女人，在丈夫被斬首之前匆匆帶著襁褓中的兒子和七歲大的女兒出走避難。而身為民亂首腦的妻子，自然陷入無處容身的困境。穀山西邊連接大角山民乙嶺往南伸展而去，他們逃出穀山後也許就藏身在民乙嶺一帶。在初步平定民亂之後，官府一定派兵在那一帶搜索殘黨，當時洪景來的殘黨也南下到達穀山一帶。惠連日後回憶說，那時自己曾遠遠看過士兵駐守在那附近。

春天還遠，糧食已盡。

要避開官府的搜索尋求活命，唯一的出路就是循稜線南下。山脈起起伏伏地往南延伸，可接高達山，很可能在抵達高達山之前，惠連師父尚在襁褓之中的弟弟就已夭折。她說過，在母親強迫她離開岩洞的那天，是一個滿天烏雲的日子。沒錯，就在那一天，他逃離故鄉出奔高達山，而惠連師父也在極度恐懼中獨自下山。惠連師父說母親那時跌傷膝蓋，大量出血以致寸步難行。因此惠連師父的母親狠下心強逼女兒下山，自己則留在岩洞裡等死。而也就在此時，他精神恍惚地走進那岩洞。

惠連師父和他的記憶完全吻合。

在亡父的召喚下他走入那岩洞，錯把洞裡的女人當成母親，所以使勁吸吮那女人的奶水，之後就陷入昏睡。再次醒來時是一個明朗的早晨，一線晨曦正悄悄地照進窄小的岩洞口。額頭一陣突然的冰涼讓他猛地睜開眼睛，才發現自己的額頭正深深埋在一個女人的胸脯上，一驚之下，他連著退了幾步，在驚嚇中他還下意識地看了那女人的胸口一眼，上頭還留著他額頭枕了一夜留下的凹窩，像洩了氣的皮球般垂墜下來的乳房，在他抽身出來之後就那樣僵在那。雖然還是個孩子，但憑著直覺他知道女人在自己醒來前幾個時辰就已斷了氣。

那確實是死了，已經沒了氣息的屍體。

女人的頭髮散亂，臉色異常地蒼白而灰暗，裙角上沾滿血跡，乳房就那樣陷了一個大凹窩垂掛著。他驚恐地低聲發出「啊！啊！」的驚叫，拚死命地從洞口的隙縫爬了出來。

好難得的一個陽光朗照的早晨。

一出黑暗的山洞，刺眼的陽光像刀鋒般刺射過來，他下意識地閉上眼睛，就在那一瞬，腳上一滑，從岩洞邊緣掉了下去，最後倒栽跌落在下方的坡路上，驚起鳥群四散亂鳴。鳥群排成帆船帆骨的模樣隨著圓弧的天際線飛去，越過比他跌落的山坡更低的北端稜線，最後完全消失在天際中。

他開始沒命地追著鳥群，往山下狂奔。

一個倒栽，跌得他胸口凹縮緊迫，彷彿就要爆破一般。一路狂奔，直到跌坐在一處孤零零的民宅前時，才發覺放著母親銀髮簪的包袱忘在岩洞裡。陽光下，一個老太婆坐在那連柴門都沒有的草屋前的木廊臺上就著陽光捉蝨子，一看到他，老太婆「哎呀！」一聲驚呼，幾乎同時，他就昏厥過去了。

倏忽半世紀，但記憶都還那麼的清晰。

待一切準備完妥，要出發往高達山的時候，已是拂曉時分。

眼前這條路，是好久以前，褲腰上拴著海州大嬸給的粗麥糕，在黑暗中哆嗦著走過的。

現在，他包袱裡帶著一把短柄鎬頭，一把鑿和一把錘，還準備了撿骨用的白紙。如果那岩洞沒被人動過的話，那麼他忘在岩洞裡的包袱應該和那女人的骨骸一起留在洞裡，包袱可能已經腐爛，但那銀髮簪一定還在。

天色將明未明，一顆又一顆的流星劃過天際。

如同多年前岩洞裡的景況，此刻四周黑暗和明亮交混，形成一股神祕的綠色光暈。東邊天際一顆閃閃發亮的星是啟明星，是崔漢綺告訴他的。在微曦的光線中，群山峻嶺高傲而威風的面貌漸次清晰，他正大步朝著那山脈邁進。

啊！這是怎麼回事呢？

辛辛苦苦花了足足兩天才找著的岩洞，裡面竟空無一物。那時也是黃昏時分，其他細節雖已不復記憶，但他分明記得，自己吸吮著那女人的奶時，洞口斜射進來的暗褐色靄暮就映在女人裙角的方向，女人的臉則是在陰影裡。

是這裡，沒錯。

他依記憶推測出當時女人躺著的位置，試著照那樣子斜躺下來。還是孩子的他在與母親相逢的幻覺中，為了活命下意識地拚命吸吮著行將斷氣的女人的奶，那情景生動清晰地呈現眼前，倒像是在觀看別人的故事般。

眼眶熱了起來。

這裡人跡罕至，那女人的骨骸照理應該還在。就算曾有野獸來過，也不至於連一片骨頭也沒留下，甚至連他留下的包袱也不見蹤影。就算包袱腐爛，那銀髮簪應該還在，現在卻全無蹤跡。這洞雖然算不上寬敞，但十分乾燥，算得上乾爽舒適。

當時最後一瞥所見的那乳房現在還歷歷在目。

他用拳頭抹乾淚水，渾身不自覺地顫抖起來。在自己額頭一夜的重壓下，那女人胸脯深深凹陷，就像用勺子挖過，那模樣像幅畫。那是清晨，晨光幾乎照射到女人的腳下，若非晨光，女人的乳房絕不會呈現弧狀的明暗兩分的樣子。

岩洞的洞口僅容一人趴著爬出來。

好半晌他才從洞裡出來，茫然望著腳下夕照下的山腳呆坐著。也許有個上山採人參草藥的人留宿在這岩洞裡，無意中發現了骨骸，可憐這孤單地死在高達山山頂的女人，而將女人的遺骨裝在藥草網兜裡帶下山，找個向陽的地方將那骨骸安葬好。他這樣推測著。

那麼父親枉死的地方在哪呢？

他用眼睛尋索父親。

雖因年歲久遠，又沒有留下標識的石碑，因而沒法確定位置。但他記得那時父親的幻影向自己招手的地點就在這附近。如果那天晚上沒能跟隨父親的幻影走進洞裡而昏倒在洞外的話，那自己一定已死在荒山裡。

那一瞬間，突然一處地方吸引了他的視線。

在他無意地把視線從遠方收回來的那一剎那，左腳下的岩塊間有條大約兩三人高的陡急山坡小徑，小徑下方有一處殘留著枯草痕跡的平坦荒地，就是這吸引他的視線。多年前發現女人已死而受驚倉惶奔逃時，滾落下去的碎石路很可能就是這裡。

那是什麼？

他注視著草叢中的石堆，看來分明不是自然形成的。他就勢一滑，滑到荒地中的石堆旁。沒錯，就是這裡，那女人就埋在這裡！

他直覺地判斷。

眼前浮現起一個景象，一個採參藥的人正誠心誠意地收拾好女人的殘骨，還堆起石堆做成墳墓。要收拾好骨骸，不花上半天時間是弄不來的，如果不是那女人的骨骸，在這山勢陡峻的山峰上怎會有這石墳呢？也許那不知名的好心人，經常來這岩洞。

他清除了枯草，接著就對著石堆跪拜起來。

這裡埋的是將自己從死亡的邊緣上救回來的恩人，也是不甘受奴隸待遇，起而搏命抗爭最終卻壯志難成之勇士的妻子，更是順實的外祖母。耳邊響起惠連的的聲音，她說每一入夢，母親以惡鬼般的表情厲聲催促自己快下山，只有下山才能活命的聲音反覆縈繞揮之不去。她還說，若不是皈依佛門，自己很可能受幻聽所苦而無法活下去。並且，抛下母親自己求活讓自己一生自責，自覺就算在菩薩前千拜萬跪也贖不回自己的罪過。一個做母親的，在受困深山且因傷寸步難行的情況下，當然明白若把女兒留在身邊，其結果是死路一條。為了保住女兒一命，一個做母親的會怎麼做自然是不言而喻的。

那麼，傳聞中參與了嘉山之亂的大哥是怎麼死的呢？大哥只大自己五歲，如果傳聞屬實，那麼死於嘉山之亂的大哥不過十五歲。現在回想起來，海州大嬸聽來的傳聞，說大哥被斬首後，口袋裡找出寫著父親和自己名字的紙條，一定是硬編造出來的。

兔山縣監被罷免後依舊留在兔山的目的，正是要報復被摘官的仇。大哥只不過是個十五歲的孩子，他的死，不是在打鬥中挨刀中箭，就是在逃亡中餓死，絕不會是被斬首的。光是洪景來中銃而死的鄭州城一帶就有三千多人被捕，兩千多人被斬首，而被釋放或被賣為奴婢的一千多人大多是婦女和小孩。光是鄭州城一帶傷亡就如此慘重，其他像嘉山、博川、安州、郭山、宣川、鐵山和穀山等地，會有多少生命在那嚴寒的山野裡無聲地死於非命呢？

豔紅的夕陽正逐漸被暗褐黑影所滲透。

今夜露重，大概得回岩洞避一避。他拾起地上的包袱，正要直起腰身時，突然他停下動作，在直起腰身的一瞬，一個異於一般石頭的什麼東西突然進入他的視線。

剛才看到的是什麼？

他將視線再一次轉向石堆，凝視著石堆中的細縫。天色已漸昏暗，剛才無意間進入視線的東西現在已無跡可尋。他卸下包袱，扒開石堆中間的幾塊石子，往裡仔細查看。

首先進入眼簾的是幾個字。

一塊高高凸起的石塊上端刻著的分明是文字。石頭上刻有文字！在這人跡罕至的深山裡居然有刻著字的石頭，實在太令人驚異了，這引發他莫大興趣，為了看清楚，他使勁推開一塊甕模樣的石塊。

結果，一塊略呈長型的花崗石全貌呈現眼前。

那石塊和石堆裡其他的石頭並無兩樣。那麼，應該是有人從石堆中選出一塊較平坦的石頭，並在上面刻上文字。他蹙起眉頭，將視線對準石頭上的筆畫。字跡潦草零亂，使鑿的技術也極生澀。陰刻的字跡一部分刻得非常淺，一些筆畫上積了些沙土，讓字跡更模糊難辨。他用衣袖一角輕輕地把字跡上的沙塵擦去。

「孺人海州鄭氏之墓」

他好不容易辨視出那字跡。

只有「孺人」兩個字，沒有官銜也沒有名字，看來這海州鄭氏應該是個女人。他轉動那石塊希望找到更多字跡，結果在背面發現歪歪斜斜、去頭截尾的「壬申」兩個字。

壬申，壬申年的話……

那一瞬間，他再次無力地跌坐下來。

那是防止遺骸流失，埋在墳前的一種刻誌石。雖沒聽惠連師父說過母親是海州鄭氏，但外祖家在海州沒錯。更奧祕的是「壬申」這兩個字。壬申年正是洪景來嘉山之亂平定的那一年，也是自己漂泊流浪到高達山，靠著吸吮那垂死女人的奶汁，九死一生保住一命的那一年。那麼「壬申」指的就是墓裡的人死去的年份，而埋在墳墓裡的，那個自己在昏夢中誤認為母親的那女人，正是惠連師父的母親。

夕陽已消失，靄暮悄悄地降臨。

他就這樣茫然自失地坐著，時而看著那逐漸被黑暗吞噬的山峰，時而凝視那刻有文字的刻誌石。一個好心的採參藥人，在安頓好骨骸之後沒理由要費勁製作這樣一個刻誌石，更無從得知死者的本家是海州鄭氏甚至卒於壬申年等細節。這世上，知道此地所埋骨骸生平的人，除了惠連師父和自己之外，沒有其他人了。

那麼？

他整個胸腔開始澎湃起伏。

既然這刻誌石不是出自自己的手，那麼唯一的可能就是惠連師父。刻誌石上的字跡歪斜零亂，陰刻的深度也不到半分，與其說是刻，不如說是拿著鑿子在石頭上刮，惠連師父充分做得來的，而一直到自己離開惠連師父的尼庵前，沒聽她說過來過這裡。那麼，很可能就是她在臨死之前帶著順實，或者將順實託給別人，然後獨自來到此處。這麼遙遠的路程，惠連師父一個人如何獨自完成？實在很難令人置信。

難道？

胸腔突然「霍」地一聲，似一把烽火熊熊燃起。

難道，惠連師父還活著？

那天領著五歲大的順實出現在自己眼前的那個闊肩圓臀的老大嬸，絕口不提詳細的經過，也不理會他揮手呼叫，匆匆回頭就走的一幕，此刻如在眼前。二十多年前，倚著柴門哭泣的順實和像是被誰追趕而疾步而去的老大嬸之間，他不知所措地呆立著。

此刻他的心情和那時完全一樣。

他無法下山，也無法回岩洞，一動也不動地呆坐在那，直到對面的山脊完全被黑暗吞噬。閃閃發亮的，是水滴嗎？暗藍的蒼穹下，一顆又一顆的星星爭著冒出頭，照亮了夜空。

隔天剛破曉，他便匆匆上路。

他不往穀山方向走。從高達山峰往東北方走可到穀山，往西南則可達新溪。從新溪經金郊和溫井，越過鐵峰山，海州就不遠了。他曾在那裡的一個造私船造船廠裡刨了一年的船尾材換取溫飽，離開之後還曾回去幾次，以前熟識的幾個船主和好幾個當時稱兄道弟的艄公和槳手應該都還在。其實也用不著去找他們，他還認識幾個在登載儒生資料的青襟錄上登載有名的接長[1]和領位，領位是掌握全國買賣管道的褓負商團[2]的領頭。在海州，往來南北的船隻很多，透過關係找條南行的商船，商借能容身的位子並不會太難。

他的腳步像早秋的涼風一樣輕快。

現在他的心情和之前拋下順實單獨離開楊州村時大大不同了。此刻，他已明確地知道自己該往哪裡去。理所當然的，他朝海州方向走。從海州到泰安，走水路比較快，多年以前惠連師父也走過。前臨渺遠大海的泰安半島上，一座孤山山麓深處那個寧靜肅謐的小小庵子依稀浮現眼前，還有通往庵子的蜿蜒小路、懸崖絕壁上的山徑，山嶺上的嶙峋怪石，一幅幅景象在眼前交錯閃現。

---

1 接長，書堂中一般由「訓長」負責訓導學生，在模較大的書堂，訓長之下另由年紀較大、學習優秀的學生擔任「接長」，協助訓長教諭學生。

2 褓負商，以包袱背著商品在市場從事買賣的游商。

風遮

戚戚東西路　終知不可期

誰知一回顧　文作雨相思

——崔娘，〈路〉

新溪到平山，一路地勢平坦，河流緩暢。從環繞老家兔山邊界的鶴峰山上流下來的元中川也流經這一帶。

這樣的地形一直延續到接上滅惡山脈之前。

就在新溪和平山交鄰的平緩山路上，他首次和惠連師父相遇。當時年幼的惠連拗不過母親冷酷的催趕而獨自離開高達山石窟，下山逃命。當然，那時他無從知道眼前的小女孩就是不惜用最後一滴奶水救回自己一命的女人的女兒，而現在，一切終於真相大白。

他突然停下腳步。

就像春草在晨曦照射下紛紛甦醒似的，沉睡已久的記憶此刻也正一一地甦醒。惠連師父似乎跟那時一樣遠遠跟在路的那一頭。一切都那麼清晰。她穿著不知從何處撿來的褙子[1]，長到掩住腰身，破破爛爛的，頭上還戴著一頂大人用的風遮，看來就像是猴子穿衣服似的，很可笑。

別跟著我，臭丫頭！

他故意舉起拳頭嚇唬她。

但一點用也沒有。不過十歲的他記憶中有這麼一個畫面：他一停下腳步，小女孩也停下腳步；他想擺脫跟蹤而徐徐開步走時，小女孩也馬上碎步跟上。那條路沿著水道蜿蜒展延，水道轉折處有些地方長滿茂盛的蘆葦，有些則是覆蓋了殘雪的灘地。

你走你的，別跟著我，還不走開！

只要他掉頭逼上前一步出聲斥責，小丫頭就後退三四步逃開。小丫頭行動快得像山貓，一語不發，更因頭上的風遮而完全看不到她臉上的表情。他一瞪眼，她飛快地把頭轉向江水，裝作若無其事似地瞧著天空。風遮是女人用來禦寒的一種特殊的帽子，和一般帽子不同，頂端上有個開口，還有一個用來遮蓋雙頰和下巴的護腮，後面則有個用來保護後頸的遮布。小丫頭戴著大人風遮，一偏頭，後面那遮布就直直地垂落到肩膀，看起來驢唇不對馬嘴，非常突兀。

他停下腳步轉頭往回看。

惠連師父的兒時幻影，就站在眼前幾步遠處，微偏著頭。那和腦袋大小不成比例的風遮背影，還有垂到胸前的護腮，最清晰生動。他只憶起那風遮而想不起她的臉，大概是因為那風遮的護腮遮住大半邊的臉。

臭乞丐！臭丫頭！不准再跟著我！

……

想要這個?喏！拿去！吃了就給我走開！

他從褲腰掏出東西放在江邊的石塊上。是他在前面村子裡乞討來的蒸馬鈴薯。陽光從石頭的稜角上反射過來，刺痛了眼睛。

再跟著我絕不饒你！

他開口嚇唬她，然後邁開大步往前走，但還一邊偷偷往後瞧。只見小丫頭敏捷地靠近那石塊，倉惶慌張地一把抓起那馬鈴薯，胡亂地往嘴裡塞。那臉相當黝黑，在陽光照耀下，塞進嘴裡的馬鈴薯塊和忽顯忽隱的前牙顯得特別白亮。這丫頭十足像隻飢餓的小獸，顯得精悍，

1 褙子，一種男女共用的服裝。無袖的簡便背心，穿在長衫之上，通常腰部繫帶。

但又有一股難以形容的哀愁。

啊，惠連師父！

過往一切如此生動清晰。

歲月倏忽五十多年，經歷了多少嚴霜風雪，此刻再次踏上這條路。細想，一個母親以奶汁將女兒和他自己從死亡的邊緣救了回來，那緣分彷彿滲入肌骨般深刻。最後一次見惠連師父是在離開泰安半島那偏僻的尼庵時，在山門外回首望見的。那時惠連師父臉上的哀愁和多年前狼吞虎嚥地吞下馬鈴薯的丫頭是如此相似，他回想著。當時何不就在那遠離人煙的尼庵裡住下來呢？何苦為了那無人重視的地圖而辜負了如此深刻的因緣呢？

悔恨像利刃一般深深刺進胸口。

過了平山往南走，再轉個方向就是滅惡山支脈推擠出的鐵峰山。越過鐵峰山，只需半天就可抵達海州，那段路程近且平坦。鐵峰山山麓雖積雪盈尺，但胸口上那悔恨的利刃讓他的腳步無比堅定，似乎連白頭山頂峰都能一步跨越似的。

海州他只停留了三天。

一個舊識的接長正好在海州，所以比他原先預估的更快地搭上經泰安到全羅道的商船。

那是艘有八百個席位的船，頗有氣勢，載著陶瓷器和大米經海州往北到殷栗，回程則載著鐵礦石循原水道南返。

船上還有個有點交情的艄公，因此很順利地抵達目的地。

很久以前有一次也是搭著一艘商船走這條水道，卻在往南航行中遭遇暴風，最後死裡逃生地在南陽著陸。現在天上積了濃雲，但天佑神助般，船在風並不強的海面上快速滑行前進，只花了兩天的時間就抵達泰安半島北邊頂端的平薪浦。

黃昏時分了。

他借宿在平薪浦一處民宅的庫房裡。

晚上，善良淳樸的年輕屋主夫妻端來的雖只是粗糲的麥飯，但堆得冒尖的麥飯卻無比暖心。庫房雖也簡陋無比，但早已習慣餐風露宿的他，有個地方可避霜雪已是感恩不盡。明天趕個大早出發的話，太陽下山前充分可走到八峰山下，望月庵就在那裡。夢中惠連師父端雅靜謐的身影倏然掠過眼前。

現在唯一的方法就是去那裡。

如果尼庵依舊空著，那麼該到八峰山西南山腳下的村子去打聽打聽。帶著順實找到兔山的那位老大嬸很可能就住在那裡。八峰山是附近最險峻的高峰，高高矗立在西山和泰安之間，向著北端的加露林灣。登上八峰山山頂，加露林灣一目了然，整個西海也在眼前豁然展開。惠連師父離開海州是為了投靠出嫁到泰安的姨母，她娓娓訴說自己在十六歲時削髮為尼的聲音夢裡依稀可聞。惠連師父初次削髮的地方好像就在泰安附近白華山山麓的太乙庵。

那裡供奉著摩崖三尊佛。

下雪了。

細雪漸漸成了鵝毛大雪。他記得，逗留在望月庵的那年冬天也像現在大雪紛飛，大概有超過二十天的時間為雪所困而動彈不得。

他沿海岸前進。

只要是泰安附近的海邊，他都覺得熟悉。大概是因為父親說過老家在泰安，加上母親曾在這一帶當海女的緣故。說不定他們曾住在這附近，也許母親的亡魂還在海上徘徊。

馬上到了波知浦。

只要過了波知浦灣，加麻就近在咫尺，他掖了掖瓦楞帽，紮了紮襪帶。幸虧有妙虛給的毛皮袖套，握著竹杖的雙手才免於受凍。他沿縱向深入泰安半島的加露林灣繼續前進。

積雪深及腳踝。

波知島就在近在咫尺的海上，積雪覆蓋了海面，一片白茫茫的，島看起來就像陷進積雪有一指深。幸運的是沒颳風。要到八峰山得在這裡轉向內陸，南進經過八峰村才行。原本以為只要走上半天就足夠，怎知過了午膳時間，八峰村的一角才遠遠在望。村子口有間獨戶茅屋孤零零地立在那裡，是家小酒鋪，正好可歇一下腳。妙虛給的路資還分毫未用，加上在海州遇見的那名接長的資助，盤纏很充足，而時辰也過午了，所以他要了蘿蔔葉湯飯和一盅濁酒，權充午飯。

「這附近可有個叫望月庵的尼庵？」

他向老態龍鍾的店主探問。

這店雖是酒鋪，其實是個只有兩間房的茅屋。大嬸做好湯飯以後，以為客人要留宿，正忙著弄炕火，老店主則坐在小桌那頭，拿著一個還沒怎麼用過的魚網修補。

「是八峰山的望月庵？」

「嗯，八峰山上的尼姑庵。」

「當然知道啦。」

「聽說空了很久。」

「是空著，沒錯。那庵裡的尼姑，真是丟人現眼哪，居然生了孩子。太久以前的事嘍。那尼姑一離開，庵就空在那。最近說有個師父要住進去。地方太偏僻，就算是出家人，也不容易生活。」

「生了孩子的那……尼姑後來怎麼了？」

「實在太久嘍，記不清了，有人說是死了，有人說是離開了……怎麼，要去那裡哪？」

「是啊。我是個木匠，聽說那庵找人修理房子。走上一個時辰到得了吧？」

「嚇，一個時辰？說笑了。路可險著哪。自從那事之後幾乎沒人到那了，路幾乎荒滅……這麼大的雪，一個時辰？沒辦法！現在太晚了，到得了到不了是另一回事，要去也得明天一早再出發，現在哪，哎，這種天氣，可要出事的！」

老店主急切地搖手勸告。

照理說，店主的話千真萬確。未時已過，山路加上積雪，想必得花上兩三倍的時間。若無法在白天回來，就會困在積雪的深山裡動彈不得而必須露宿山中，那麼鐵定會凍死。

但他心裡卻另有想法。

鵝毛大雪依舊下著，如此積上一夜，明天當然更去不了，而明天雪會不會停誰也說不準。說不定像多年以前一樣，道路因積雪而阻斷上十天二十天也說不定。

「不收你房錢，給個飯錢就行……」

「不，我得上路。這樣的路我走多了，沒事的。多謝你的湯飯。回程時一定再來。」

「哎呀，瘋子才冒這險！」

「這路以前我走過很多次了，不會出事的。」

他堅決辭謝了店主的好意，走出柴門。

在窄窄的小路上走了好久再回頭一看，那老店主夫妻還站在柴門前望著自己漸去漸遠的背影，那表情像是送人上西天似的。他向他們揮了兩下手，心中默默地謝過他們，便再度上路。如果沒記錯，前面應該有個叫上村的地方，靠焚田維生。從那裡到望月庵一路相當陡峭，從八峰山西南側直掃下來的強風異常刺骨，在海岸線沒遇過如此的寒風。一路上風雪交加，眼前幾乎看不分明。

他把瓦楞帽壓低到眉間。

路一點也不可怕。

這不是因為一向不辭風霜四處漂泊慣了，而是在那不復記憶的生命起點，冥冥中就注定了好的，他這樣想。從小開始，四處流浪時他反而覺得平和心安，讓他覺得不安恐懼的是停留在某個固定地點，而不是遷徙流動。遊走四方時所見的一切，就跟遷徙流動的他一樣，一起遷徙流動，以一起流動的感覺去觀察萬物，萬物就沒有界線，渾然結合為一體。

在變動不居中看到的森羅萬象，其實是如此的充實繁密。

風越強，他越加緊腳步。

走著走著就到了上村，村子裡一片寂靜，彷彿空無一人。一條狗間歇地低低吠了幾聲，跟了上來。深及腳踝的積雪。繞過村子左邊，循迂迴曲折的小路走，接著是上坡路。

他在上坡路前停下，回頭看著那狗。

那狗也停下來，避開他的視線，閒閒地望著遠處雪霧籠罩著的八峰山山頂。那狗佯裝若無其事的樣子，很像多年前在新溪和平山一帶跟著他的惠連師父。如果惠連師父已經離開人世，說不定她的魂魄就寄託在這狗的眼睛裡。在他和狗之間，雪花像小蝴蝶群飛舞似的，紛紛飛落。

「師父……」

他向著那狗合掌躬身致意。

「快回去吧，路上危險呢！」

那狗聽了他的聲音，向這邊望了望，居然回頭往村口方向走去。那狗既不是跑也不是走，而是一搖一擺，從從容容，留下的足跡給風一吹，很快就消失得無影無蹤。這時，他感覺到他自己和那狗，還有狗的腳印、樹木、山脈、小路，全都一起流轉。一股發自心底深處，無法形容的充實感正隱隱傳遍全身。那一瞬間他領悟到，惠連師父是生是死，已經無關緊要，重要的是，惠連師父走過無數次的道路，他再次回來站在上面。

狗的蹤影消失後，整個道路再度空蕩蕩的。

連那狗的腳印也迅速消失了，使得剛才那尾隨他而來的狗有如幻影般。此刻，他的身體變得像雪花一樣輕巧敏捷。

他邁開步子踏上斜坡。

雲板

不當趣所愛　亦莫有不愛
愛之不見憂　不愛見亦憂
——《法句經》，〈愛好品 2〉

惠連師父說自己是在十六歲那年早春削髮為尼的。因緣始自惠連師父有個十三歲時嫁到泰安的小姨母，這姨母就住在白華山下的太乙庵附近。小姨母包攬了太乙庵膳房工作，姨父原本是船夫，一直在往來於海州、殷栗和義州的海運船上工作，一天被折斷的桅杆擊中而變傻了，以後就在太乙庵裡當伙夫。就這樣，惠連師父很自然地信奉佛法，過著侍奉佛祖，聽取神聖的教誨，皈依法僧的三皈依修法生活。佛家所說的因緣，是由此生彼，由彼生此，環環相生。惠連師父會走上皈依佛門之途，該是早在父親被以叛逆罪名處決時，或者是尚在襁褓中的幼弟夭折於深山，乃至棄瀨死的母親於荒山石洞獨自下山逃生的時候就已經注定。而棄瀨死的母親獨自求生，成了盤據惠連師父心中的最大怨結。

望月庵並不是原本就有。

很久以前，有人在那裡修了間粗具尼庵規模的簡陋房子，卻中途棄置，惠連師父花了兩年時間鍥而不捨地重新修建，並取名叫望月庵。佛堂和連著的膳房用紅松樹皮建成，屋頂用附近砍來的海松架起，後邊的下屋是草屋。說是下屋，其實他在的時候，下屋屋頂漏水，炕也塌了，和庫房沒兩樣。最初之所以來到望月庵，是因聽說尼庵裡想在入山路口的一個分叉點立塊標誌石，需要人手，還有佛堂屋頂的木片和下屋的木地板也需要人來修葺。那時他已將《青邱圖》呈現給世人，正著手趕編《東輿圖誌》，大約就是戊戌年（一八三八）正月吧。為了確認《東輿圖誌》裡的資料，他一一走訪泰安一帶的城池鎮堡和津渡，在那待了兩個月有餘。不，也許留在那裡另有原因，小時候聽父親炫耀年輕時曾在那一帶力擒五名匪賊，因而自己無意識地盤桓於此，想找尋父親的足跡也不一定。

剛開始幾天，他沒機會正面看惠連師父一眼。

除了深夜睡覺時間外，惠連師父幾乎整天都待在佛堂裡。偶然從門縫往裡瞧，總見她在佛前五體投地膜拜的背影，彷彿有著深重難解的業障似的。他曾走過無數佛寺，幾乎沒見過任何一個比丘尼像這樣夜以繼日，以無比堅強的願力來事佛。只見冰冷的佛堂裡，惠連師父在佛前一拜再拜，泛青的後腦勺因汗水而變得透明發亮。那無邊的願力像銳箭般射到下屋來，有時令從門縫窺看的他感到窒息痛苦，甚至不敵那力量而連步倒退。

待解的怨結太深了，才會給你這樣的印象。

後來惠連師父這樣說。

從門縫窺看的是惠連師父。在他來到庵裡的第七天，他才明白，很久以前在新溪和平山之間尾隨他的少女就是惠連師父。

那時，尼庵的樹皮屋頂腐舊了，需換修新樹皮，庵裡老供養主的小叔已經把需要的三十多片樹皮備妥，但要把那些樹皮帶到佛庵，只能讓供養主下山去。

雪從那天凌晨開始下。

供養主一離開，雪片已大如蠶繭，一轉眼雪就鋪天蓋地，海和天沒了界線，渾然合一。午時雪積約一指深，到了黃昏則深及一尺。連著下了四天，氣溫一直往下陡降，即使偶有陽光露臉，雪也絲毫沒有融化的跡象。

小時候……您住過海州吧？

一天晚上，師父將擺著飯菜的小矮桌推進來，開口問道。

他一聽吃了一驚，首次正面看了惠連師父一眼。住海州是在他逃出兔山老家之後的事，那時他才十歲。該輪到他問惠連師父何以知道海州，但卻一時開不了口。

他在海州停留了三年有餘。

海州大嬸的娘家親哥六指大叔是個造私船的造船匠，造出海用的唐道里船的技術在海州首屈一指。雖然多了一個指頭，但在船底用長槊穿過船底底板，拼合板片，手腳卻再敏捷不過。年幼的他主要做的則是刨船尾材、將木板隙縫填實等雜活。填實的料材是把竹片內部刨成細片，然後混上豆油做成，刨竹片也是他分內的工作。在那裡足足熬上三年，好不容易幹上把橫板架上船頭船尾的工作，但他無時無刻不想離開。後來在十四歲時終於離開了那裡。

我一直以為……你以後會成為大造船師父呢！

惠連師父添上一句。

啊，沒呢，在海州住了三年就離開了。他好不容易答了一句。我知道，師父馬上接口道。分開數十年，在這偏僻的尼庵再度和幼年時見過的少女重逢，實在是讓人驚異。惠連師父說那時自己投靠住在海州附近首陽山下的大姨家，一年總有幾次跟著大姨到海州市集，就利用這樣的機會她找時間跑到造船廠密集的街道，偷偷看他刨木料的樣子。聽了惠連師父這樣說，他才模糊地記起，在海州市集是有幾次碰過那個在新溪平山見過的小女孩。他以為是偶然，現在才知道並非偶然，是惠連師父為了看他而有意地在他眼前晃蕩。

怎麼說呢，您就像……一個兄長，可以放心依靠……

是嗎？

他太過激動，竟至無法盡言。

住大姨家的那段日子每天扳著手指頭等待大姨出門的日子，期待能見到大哥，那時我還小，心裡卻有太多怨懟……一心一意認定你是領著我走到海州的人，所以……

……

惠連師父很自然地喊他大哥。

惠連師父說，跟大姨出門到市集的前一天晚上總是無法入眠。他這才回想起，自己刨船尾時偶爾直起腰，曾幾次和遠遠站在湯飯小店門前的小丫頭四目相接，那眼睛是那麼的明亮清澈。那個小女孩還將用紙包好的米糕或者鍋巴之類的擺在賣湯飯的店家圍牆上，遠遠比著手勢要他拿走，那情景此刻似在眼前。

沉睡已久的記憶啊。

最初的線索一旦解開，一個記憶就喚醒另一個記憶，這記憶又喚醒另一個記憶，就這樣，一切都甦醒過來。在小女孩將糯米糕擺在圍牆上比著手勢要他拿走的那一瞬，他頓時明白，眼前的這小女孩就是那個在新溪平山見過、戴著風遮的丫頭。師父，那時您還給了我米糕吧？他說。我們第一次見面時大哥不也把蒸馬鈴薯放在河邊石頭上給我嗎？惠連師父靜靜地笑著附和。那時我才七歲大，沒有爹娘……娘交代我到海州找大姨，我一個人獨自上路，正巧遇上大哥給我當了引路人。啊！什麼引路，自己還拚命想甩開她，把馬鈴薯放在石頭上也是為了要擺脫她呢。大哥您……也許不知道，過了平山以後為了不讓您發現，我偷偷地跟在遠遠的地方。那時……跟現在一樣大雪不斷，從平山到海州……那深山裡……如果不是大哥的足跡，我也許就迷路凍死了。您……給初次獨自涉足人世的我指引了方向……

那時那風遮……我還記得。

嗯，娘給戴的，我七歲時……娘……死在山上了……

哪座山？

聽過高達山嗎？我把生命垂危的娘丟在深山裡不管，自己下山逃命……我實在太狠心了，我……

什麼時候？

一聽到高達山，他心頭馬上一沉，接著是徹夜長談。這因緣竟然如此深刻，這相逢竟然如此不尋常。高達山上那糾纏錯結的緣分，連接到山下，一直延續到海州，二十年後還在泰安半島孤絕的佛庵裡再度連結。

雪停之後，夜裡每每皓月當空。

月光下，大海、土地、屋舍和樹木的界線都模糊了。惠連師父晚上還是經常留在佛殿裡，而他在凍寒的下屋裡從小窗口眺望月光下似遠亦近的海。不知道是不是刻標誌石太勞累還是怎麼了，白天感覺身體沉沉的，到了皓月當空的晚上，眼前一片模糊，還開始發熱。

惠連師父結束晚間佛課，站在庭院的井邊。

大概是發熱的關係，那天他失去了距離感，連明暗也分不清楚，身體每一處關節都彷彿脫臼似的。從小窗口往外看，井邊矮樹上頭，惠連師父的側臉像幻影似地進入眼簾。就在那一瞬，不知怎的，高達山山洞裡晨曦斜映下的乳房閃電般出現眼前，前一天晚上被他用力吸吮過的那乳房上還殘留著一道清晰的凹痕，那是他額頭壓了一夜壓出來的。一直到前一刻，他還沒把那女人和惠連師父棄置在山裡的娘聯想在一起，但就在看到月光下惠連師父側影的那一瞬，那留下凹痕的畸形乳房突然歷歷在目。沒錯，那女人就是惠連師父的母親！為了讓年幼的女兒活命，那女人狠下心催趕才七歲的女兒獨自下山，就在那時，他迷路而走到那裡。熱度急速上竄。

那晚的月光很濃稠幽遠，一個圓融的夜。

不，在圓融之外，還帶著一股陰煞。在那圓融的光暈後，似乎藏著無數尖銳的刀刃。深及三尺的積雪，掩沒山海的界線，純白的月光將萬物浸染成模糊的一片，這一切摞疊起來，逐漸成了灰白的雙層布幔，一寸寸陡急地擴張著它的勢力範圍。

夜，靜謐而陰寒。

月光所向無敵。海一接觸到那月光，就融成了月光，山也成了月光。井旁惠連師父的側影，被那白色月光籠罩著，就像戴了白麻面具，化成圓融的白光。父親死在積雪的高達山山麓一片純白的月光下，哥哥也在平安道北邊某個角落被月光似的白光刺穿而死。他在高熱中，屏著息從下屋小窗口凝視惠連師父，她的五官正在月光的照射下逐漸融解，先是皮膚，再是鼻骨、頷骨、牙床，最後是頭蓋骨，逐一融解著。

不行，師父，不能留在那！

他想出聲，喉頭卻發不出半點聲音。

海一接觸到月光就融解而消失，山也一樣被吞蝕，他感覺到。這時他手腳開始發軟發顫，門牙碰撞發出磕磕的響聲。月光以極快的速度腐蝕一切，穿進惠連師父的眼、鼻、耳，接著迅速地侵入她的內臟和骨髓，眼看她就要消蝕不見了。

師父……

他艱難地伸出手推開下屋的門。

一瞬間他就滾落到土廊臺下，一連串的聲響驚嚇了惠連師父，她轉身的同時，他便昏厥過去，身子熱燙如火燒。

熱還沒退呢，再睡一會吧。

惠連師父的聲音從遠處傳來。

他依稀瞥見橫推門上映射著白色陽光，似夢非夢中他知道已是清晨。身下暖熱，看來自己躺在惠連師父的房裡。

這不行，得起來！

他雖想支起身體，但身體沉得似乎緊貼在地板上，動彈不得。接著聽到水聲，然後是一條冰涼的毛巾放上額頭，看來惠連師父一整夜地守在自己身邊。每個關節都還好像在沸水中一樣。一開始……就不該讓您睡在沒有炕的房間裡。惠連師父的聲音依稀渺遠，那濕潤的手又觸摸到自己的額頭。身上蓋的被子和毯子都不是先前自己用過的。

他再次閉上眼睛。

雪積了三尺深，路可能得等上十天半個月才能通。突然想起前世因緣這句話，此生的因緣皆在前生就已經注定好，不管它叫什麼，都讓人感到安適。

惠連師父濕潤的手輕柔的，一遍又一遍地拭過太陽穴上細細的毛髮。

一股幽香，像是春天竹筍競長的竹林中發出的香味從惠連師父身上隱隱地散發過來。他還在似夢非夢中，但一瞬間，一種無法形容、幽深而濃鬱的渴望擴散到全身。像是對死亡的渴望，又似乎超越了死亡，一種對嶄新一切的渴望。不是焦灼，不僅不是焦灼，反而感到一種經過長途跋涉後終於回到母親懷裡的那種溫暖感。這和完成地圖讓更多人活命的那種冷冽而充實的渴望是不同的，此時的渴望是溫煦而慈藹的，此刻，夢正輕輕地攬他入懷。

片刻，他就沉沉睡去了。

好不容易戰勝積雪，抵達望月庵。在望月庵他很幸運地見到那已老邁的供養主，當年就是她帶著順實來到兔山他家門前。供養主本來已離開尼庵多年，幾年前丈夫過世才再度回到尼庵。

那垂垂老矣的供養主眼力依然很好。

她一眼就認出他，連聲道「金木匠呵！沒錯，是金木匠哪！」反而是他一時沒認出，光眨著眼不知如何反應。帶著順實來到藥峴村時，供養主還未顯老態，如今卻已白髮蒼蒼，不僅牙脫頰陷，滿臉皺紋，連腰背都駄了。一聽到順實的消息，她合起雙掌嗚咽了半天，她已經老到掉不出淚水。眼前這位供養主讓他明確地感覺到二十年是多麼悠長的歲月。

又是一個早晨。

晨間供養已畢。

陽光普照，讓人難以想像昨天下過大雪。他背起包袱帶著竹拐杖，立在土廊臺下。老師父站在土廊臺上，眺望那遠遠的海，嘴無意地張合著。昨夜雪大概積了有一尺深，山頂陡坡上，一腳踩下恐怕雪會及膝。

「施主還是晚點出發吧，等雪融了再……」

「沒關係，一向走險路慣了。啊，對了，供養主呢？離開之前想先道別……」

「剛才還在這呢……」

老師父望向膳房那邊。

這裡和以前有些不同了，增建了一間膳房，佛堂上也改了瓦頂，看來更像佛庵。從膳房裡出來坐在後廊上的兩個小尼姑，一碰觸到他的視線馬上就轉往海那邊。陽光高照的海面，波光粼粼，看似千萬魚身在湧動。

「這東西以前沒見過呢。」

他指著掛在膳房前的一塊雲板。

雲板是寺剎裡用的法具，一般掛在齋堂或膳房前，到了用齋時間就敲擊，因模樣像朵雲而得名。比較正式的雲板是銅製的，眼前的是鐵造的，整個都已經生鏽，上面寫些什麼幾乎難以辨識。他用手遮住光線，蹙眉凝視。

南無阿彌陀佛

字雖因鏽而模糊，但陰刻著的確實是「南無阿彌陀佛」幾個字。看來是庵裡的人找來鐵板，用鑿子簡單地刻上這六個字。字體看來有點眼熟，他凝視著，一邊用手輕輕敲打，一開始聲音很刺耳，但音尾卻相當柔和。

「我來這空廟時就掛在這。」

老師父伸手擋住光線說。

就在這時，胸口像有股強烈的電流通過似的，全身就像手伸進冰水似的一陣透涼，因為另外幾個文字突然浮現眼前。他屏息蹙眉，再度凝視那雲板上的字體，並注視幻影中呈現的幾個字。

孺人海州鄭氏之墓

幻影中浮現的字是在高達山山頂看到的，不知何人做的墳裡的刻誌石上的八個字。對照種種線索，可以確知惠連師父的母親，也就是臨死前以最後一滴乳汁救了他一命的女人，正是孺人海州鄭氏。問題是刻誌石上的那八個字稚拙的字體，歪斜的筆畫和草率的陰刻方式，和眼前雲板上的字體是如此的相似。

老態龍鍾的供養主從後面出來。

他望望雲板，又望望老供養主，就在昨晚她還推說不知道惠連師父的生死下落。似乎擔憂積雪太深，老供養主剛從庫房找出雪皮要給他。雪皮是貼在腳上的，穿上後在雪中行走就不會陷入積雪。那雪皮是用葛樹皮一層一層細細縫起，一看就知道做得很精細。

「喏，穿上這上路吧！」

「對不住，這雲板，是……惠連師父親手做的對吧？」

「啊，什麼……這我可不……不清楚啦……」

供養主有些驚慌，臉一下變紅了。

「這字體我在黃海道兔山和穀山之間的……高達山山頂的石墓裡也看過。惠連師父的故鄉是在穀山沒錯吧？我眼力好您很清楚，惠連師父的字體我怎會認不出來？別想再瞞我了。這東西以前我在的時候沒有，一定是惠連師父後來才做的。該知道的我都已經知道了，您就別再想瞞我了，惠連師父還活著，這雲板可以證明！在高達山上看到惠連師父刻的刻誌石時我就知道了，告訴我她在哪裡……怎麼過日子……您知道的吧？」

「……」

「供養主！」

「啊，這……這雲板是離開這的時候做的……那時……就是……帶順實丫頭找到你那的時候……那叫什麼……藥峴什麼的地方，那天和惠連師父分開以後……再……再也沒見過她咯……分開那時說是先到黃海道老家一趟……然後要到慶尚道……南邊溫暖一點的什麼海邊去……」

「您是說，帶著順實來的那天，到藥峴村我家門前時……惠連師父也一起來了？」

「啊……是這樣的……師父躲在山崗上……硬是讓我帶順實去見您……把順實交給您以後，我回頭找她，她卻不見了，就是這樣……」

「啊！天啊……」

他喃喃自語地說，眼前還似乎看見惠連師父躲在山崗某個角落，看著供養主將順實託付給自己的樣子。也許惠連師父就在那之後直奔高達山山上去收拾母親的遺骨。他的心如同撕裂般疼痛。

「去慶尚道哪裡……師父沒說嗎？」

好半晌，他才艱難地開口問道。

「到太乙庵去問問，也許……」

「……」

他很突然的舉起竹杖敲打雲板。

雲板歪歪斜斜地晃動起來，趾高氣昂地發出「鐺鐺鐺」的聲音。幾隻野雁飛過八峰山頂，隨即轉向海邊陡急地往下飛去。老師父合起雙掌，喃喃頌著「南無阿彌陀佛」。「南無」是進入到菩薩的淨土之意，惠連師父離開尼庵前在雲板上刻下「南無阿彌陀佛」幾個字的身影模糊地浮現眼前，她將自身的心願和渴望寄託在這六個字裡了。

過了好一會兒，他才將雪皮繫在腳下，牢牢綁好。

要到達菩薩淨土得跋涉過上十萬億里的佛國土，這句話突然闖進他心裡。道路沒有盡頭，走在前頭的要繪出地圖。他感到胸懷一陣從未有過的充實感，因為前面還有好遠的路在等著他。

「供養主，謝過您的雪皮了。」

他的嗓音突然變得清朗明快起來了。

第三章

國境

這一生追求的夢想是什麼？

將掌握在朝廷和兩班貴族手中的疆土公平地分配給百姓，就如「朝鮮」兩字的本意一般，詳細地釐清疆土的地形地勢，使在這土地上扎根繁衍的世世代代能有嶄新的發展，再也不要有人因不明白山勢水文而流離失所，所求的，唯此而已。

片箭

「鮮明」者也
耀日出之東月落之西曰「明」
使人通透嶄新曰「鮮」
地在東表日先明，故曰朝鮮。
——金正浩，〈大東輿地全圖序文〉

揮別了泰安，他繼續沿著海岸走。

此刻心情和出高達山經海州到泰安時已不相同，心中一片從容篤定。揮別望月庵，他先經過太乙庵，現在正往南走。《大東地誌》中收錄的西海岸一帶各類目資料都已經確認過，因此一點負擔也沒有，白天就以周遊天下的步伐前進，入夜找個能避霜露的地方就行了。能不能與惠連師父相逢，此刻已經不那麼重要了。

古云：「會者定離，萬有無常。」

能確定惠連師父在南海某角落生活著，對他來說已經是最大的恩德，更何況是她能再次皈依佛門事佛，那麼落腳何方都無關緊要，因為佛國淨土才是她心靈最終的歸處。

他一路經過保寧、舒川、沃溝。

一路行來，寒冬已悄悄收斂威力，到了沃溝肥沃的田野時，妙虛給的毛皮袖套已經用不上。遊走四方時，偶然與有過一面之緣的人再次相逢，那份喜悅與興味讓人難忘。對常年遊走四方的人來說，漂泊就是日常，人間何處不相逢呢，加上這些路程他已經往來多次，更覺如此。過去曾多次叨擾的那位碾米店主人，依舊在那裡一日一日地老去，縱橫穿梭於全羅道、忠清道一帶的貨郎和商團的接長們還是活躍依舊。旅人們在路上偶遇，要是一方沒能認出，先認出的一方一定上前熱絡地相認，甚至還有人將貨郎之間私下抄寫的最新筆寫地圖悄悄地放進對方的竹杖裡。這種萍水相逢的緣分若得再續，喜悅自是不在話下。旅人皆善良厚道，吃睡也不分彼此，共同分享。

「啊，這不是古山子嗎？」

「呵呵，我說是誰呢，那時在哪？是穀城吧？分手後今天是第一次見面啊，我算算……大概有五個年頭了吧！」

「甲寅年的事了，不是五年，七年了！不是穀城，應該是在羅州市集吧？對了，你費盡心思做的那什麼地圖，可完成了？」

「哦，差不多了，差不多了……」

「我把全羅道一帶貨郎們隨身帶著的地圖都抄了下來，準備給你的哪。晚上還沒決定在哪落腳的話，就到我那吧！」

「那時還陪著尊父……」

「先父過世很久了。」

常常就像這樣。若一起到酒鋪，幾杯濁米酒下肚後就聊得更起興。一聊開，他便明白各地人們的夢想和心中鬱積的憾恨。更重要的是，這些人腳下所踏踩著的土地的形勢，還有在歲月中一點一點逐漸被雜草掩蓋的古邑古城、烽火臺、驛站、樓亭、土山、寺刹等，全在瞬間為他所熟悉所掌握。為生計奔波的人們腦海中的地圖，除了包含分辨地勢吉凶緩急的知識外，還蘊涵著當地的歷史、風俗，乃至產物等多種訊息，其詳盡正確是官衙據為己有的郡縣地圖所無法相比的。

因為對他們來說，地圖攸關著他們的性命。

早在官府為鞏固權力而把地圖嚴密地鎖在備邊司的時代，貨郎們為了營生，早就懂得自繪地圖，且不吝惜與同路人分享，完成《大東輿地圖》後編寫地誌時，這些人正是最可靠的協助者。他們甚至能找出未曾出現在任何地圖的沃土，還發掘出淹沒於荒草中的城址鎮堡遺跡，讓就要斷絕的歷史得以延續。甚至他們還修築道路橋梁，拓寬國土的時空。在負聲望的商團接長和那些頭戴斗笠手持手杖的老貨郎圈子裡，他對地圖的癡迷早已是無人不知無人不曉，更重要的是，他不拿官府的錢依照官府的指示繪製地圖，而是堅持以百姓的安危和營生為念，這使得他能和具影響力的貨郎和商團領袖們稱兄道弟，對他來說，這可說是最大的幸運。

過了邊山，再過高昌，木浦就近在眼前了。

木浦儒達山山麓的梅樹上已經結滿花苞。

他到一位辭官回鄉的奉事大人府上作客，這大人曾在軍資監任從八品奉事，因為嫌惡官僚們的朋黨政治而辭官回鄉，在奉事大人宅府的堂屋裡無意間聽到威堂申櫶的消息。在茂朱度過多年流配生涯，重回都城的威堂重新被任命為三道水軍統制使，且已經南下到統營。三道水軍統制使是從二品官，統率忠清、慶尚和全羅道所有水軍，權勢威赫，和他流配前所擔任的禁衛營大將比起來，可說是榮升。對威堂來說，無疑是光榮地恢復了名譽。

他告別了木浦，徒步經羅州、長興，抵達順天。

已是暖春了。

在奉事大人體貼的照顧下，他換上一身輕裝上路。一路上梅花枝頭競豔，山茱萸也爭相迎春，大地一片繽紛多彩，他的腳步也更輕盈踏實起來。從順天往東抵達光陽，下望河東村，蟾津江盤繞其間，波光粼粼的江面上倒映著江畔怒放的春梅。

舉目低頭，盡是花海。

田裡勤奮的農人已經開始犁田，走到哪裡都可吃到農餘的點心，這也令人興味昂然。雖然去年欠收，加上官衙不斷苛斂誅求，平民奔波生計疲憊不堪，但在底層百姓艱苦的生活中自然流露的溫情依舊濃厚真摯。智異山上流下來的水繞過花開一帶的各個小村莊，那水時而湍湍奔流，時而涓涓潺潺，滋潤了河東一帶的村莊，接著注入碧藍的南海。山川景致壯麗無比，花草鬱鬱蒼蒼，雖然物質貧乏，但田間歌聲不絕。雖說天地遼闊無邊，但他總覺，如此富麗的山河，世間難以再尋。

東國花開洞　壺中別有天

有青華山人之稱的李重煥[1]曾赴各地探訪適合居住的鄉邑，並將所見所聞詳載在《擇里誌》裡，書中有一首詩描寫這一帶的山水景色：辛未年（一五七一年）一僧侶在一塊岩石上撿到一紙張，上有一詩，那書寫的筆法和孤雲崔致遠[2]流傳下來的字體一模一樣。事實上崔致遠為新羅真聖王時代的人，若以青華山人編纂《擇里誌》的年代為基準，那至少也距離當時有八百多年了，由此可知《擇里誌》中的詩歌中所提到的紙張不可能為崔致遠所作，那詩只是用來表示這一帶風光的絕美怡人罷了。

若非仙境，何以一覺千年呢？

更讓人感到心滿意足的是，這樣一覺千年的勝景，不僅限於蟾津江一帶。從東北方的慶興到南邊的機張，共三千六百十五里；從東邊的機張到西邊的海南，共一千零八十里；從南邊的海南到北邊的頂端的通津，達一千六百六十里；最後從通津到西北邊的義州，計一千六百八十六里，這廣袤疆土的景致無一處不精緻秀麗。而一想到這錦繡的山河將在自己手上濃縮成一幅讓人一目了然且便於攜帶的地圖，就自覺集天地厚愛於一身。想到這，他胸口沸騰翻湧，雙眼炯炯發亮，在花圃下一坐就是良久。思念的惠連師父也一定好好地在這山川秀麗的南海的某一個角落裡安定生活著，這讓他覺得安心。

河邊梅花在絢爛過後，壯烈地投身於滔滔流水。

很巧合的，他與為祝賀申櫶獲任為三道水軍統制使而南下到統營的惠岡崔漢綺偶然碰上，而且是在惠岡到達統營不過四天的時候，能不期而遇實在是太幸運了。

「呵！這不是惠岡嗎！」

「喔！從哪雲遊回來啊？」

兩人就像久別的情人重逢般雙手相執良久。

惠岡身後不正是五洲李圭景和蘭皋金炳淵嗎？以五洲居士揚名於世的李圭景居住在忠清道，以前曾多次路過叨擾，因此並不生疏。上次見金炳淵則是在《青邱圖》完成後不久，惠

---

1 李重煥（一六〇九—一七五六），為朝鮮後期著名的儒學者、實學家。英祖時因被疑為睦虎龍黨羽而獲罪遭流放。流放結束後仍居無定所，四處流浪。流浪期間對各地地理水利、農業生產和風俗民情有詳細瞭解，其著名著述《擇里志》即以此為基礎寫成。

2 崔致遠（八五七—十世紀），字海夫，號孤雲，統一新羅時代文學家，有東方儒學之宗、東國儒宗之名。他出身貴族，但詳細生平世所不知。西元八六八年，入唐留學，數年後科舉及第，曾任溧水縣尉，八八四年以唐朝使節身分歸國。回到新羅後歷任侍讀兼翰林學士、守兵部侍郎等職，後來他批判時政腐敗、諷刺統治者而遭貶為地方官。後辭官隱居，不知所終。

岡為他過生日而邀了幾位實學派學者在妓藝酒店時見過，第一次在金剛山三日浦偶遇的金炳淵當時不過二十三、四歲，在多芳洞時見到的金炳淵大約還不滿三十歲。

他們親熱地執手相問。

五洲居士大他五歲，因此他私下以兄長相稱，重逢的喜悅讓他們執手久久不放。惠岡從漢陽南下，順道到五洲居士的宅邸拜訪因而同行。五洲居士一生從未任官職，固守鄉里，對曆法、歷史、地理和書畫都有深刻的造詣，還通達古今事物，以《五洲衍文長箋散稿》一書深受實學派學者仰慕，多年不見依舊和善溫良，眼神清明。和五洲居士成對比的是蘭皐，蘭皐還是一樣戴著頂歪瘺的笠帽，一襲四季不換的長袍，但過去那雄剛氣魄和智光煥發的眼神已經不復可尋，枯瘦而滿是皺紋的臉，像是久為胃腸疾病所苦似的。蘭皐小他和惠岡四歲，但不僅比惠岡顯老，甚至比五洲居士都更蒼老些，形色如此憔悴，令人不忍。蘭皐流浪到統營，中櫶四處打聽尋訪而取得聯繫，為蘭皐安排房子，讓他在那裡調養了十來天。向來關照身邊的人不遺餘力的中櫶，依舊胸懷寬大，細心體貼。

洗兵館整個建築看來威風凜凜。

過去他曾多次路經統營，但此次首次進到統制營內院，得以有機會內外詳細觀訪，一路參訪下來，整個讓他目瞪口呆。以洗兵館為中心的多個建築自成一個都城，洗兵館連接著白華堂和屋頂以歇山頂樣式建成的運籌堂，接著依序是中營、兵庫、十二工房及內衙排成一列，另外還有受降樓和望日樓，樓與樓飛簷相接，並肩聳立。

「真有朝鮮水軍的氣概啊！」

「是呵，壬辰之亂的苦痛不能再發生了！」

五洲居士說完，惠岡馬上附和說。

惠岡大約從妙虛那裡知道他安排好順實後匆匆離開都城的事。惠岡還告訴他妙虛正著手將《大東輿地圖》濃縮製成小一點的木版本，那是他告別妙虛時答應的，他們還一起商議好，將標題定為「大東輿地全圖」。妙虛應會盡力全速促成此事的，因為就算設計《大東輿地圖》時已考慮到便於攜帶，但終究還是一本書的分量，印製的費用對一般百姓來說負擔還是相當大，因此若能製作出比《大東輿地圖》更小，更便於攜帶，更一目了然的地圖，正符合他想將地圖與百姓分享、使用的夢想，這是相當有意義的事。

回到漢陽的話，他想和妙虛一起為這付出心力。

以感慨的心情環顧統制營一番後，進到內衙，裡面已經擺好一桌豐盛的酒席等著他們一行人。不愧是臨海都城，桌上盡是海鮮為主的下酒菜，色香味俱全，堪稱一品。可眺望海邊的堂屋賓客滿席，不愧為掌握了權力中心的統制營。

威堂先親自為眾人斟酒。

最後一次見威堂，是在威堂遭流放到茂朱後的戊午年。這樣一算，已經多年沒喝過威堂斟的酒了。那是完成《東輿圖》的第二年，他特地背了一壺威堂最喜愛的迎山紅酒來到威堂的草屋，那時威堂背著手站在前院，凝望著四周盛開的春花，那眼神之淒然讓他至今難忘。威堂雖是武官，卻有不凡的人文識見，在治世壯志受挫，遭長久流放僻遠之地的處境，其內心之痛苦可想而知。對《青邱圖》和《東輿圖》，還有他一生最大的抱負——《大東輿地圖》的完成，威堂都作出最大的貢獻。若非威堂的協助，那些祕密深鎖在備邊司書庫裡的地圖他絕對無緣目睹。總之，威堂多次以財力物力協助中人身分的他，還讓他能進出備邊司，查閱那裡的全國地圖和郡縣圖，這些都是完成《大東輿地圖》最關鍵的要素。

我幫的不是古山子。

威堂的聲音似乎還在耳畔。

國家該做的，那些領官祿的人不用心做，古山子卻付出全部的心力在做，那麼幫助古山子不就是在幫助國家嗎？所以用不著對我存有謝意。

威堂申櫶就是這樣一個人。

這遼闊的世界裡，無以計數的山嶽水文、山與山的連接點、江與河的連接點，更有龐雜繁複的生活環境，那些通路、沿革、關要等，要一一查訪繪製，靠一己之力絕不可能，必得綜合運用眾人實地考察的資料才能完成。

「那是丁巳年春天吧？」

威堂豪放地帶著笑提了話題。

「古山子帶到茂朱給我的迎山紅酒的香味至今還忘不了呢！那時不知流放的生活何時才能結束，日子就那樣日復一日地過下去，心中實在渺茫不知所從。怎知有一天，古山子背著一壺迎山紅酒出現在我柴門前，那欣慰和感謝真是無以言表，世上再沒有比那更珍貴的禮物了。」

「哪裡。那時您的心情我當然清楚，但我卻沒能為您做點什麼……」

「那迎山紅酒我可真捨不得，喝了好一陣子才喝完呢，呵呵！」

威堂比著手勢，放聲爽朗地笑了。

算年齡，威堂小他七歲，官至從二品堂上官。威堂性格原本就豪放耿直，還廣結人緣，贏得威望，因此在久遭流放之後仍能笑得如此明朗暢快。酒桌上蘭皋金炳淵舉著酒杯鬧說沒藝妓就沒酒興，威堂只哈哈一笑。

威堂給蘭皋斟酒時只倒了半杯。

威堂笑道，飲酒傷身，理當戒酒，但今天難得遠客到此相聚，特別斟半杯助興。金炳淵祖父金益淳曾因洪景來一案被判欺上罪名，致家族遭滅門之禍，而年輕氣盛的蘭皋不知內情，作詩猛烈批判自己的祖父，欲以之作為出仕的墊腳板。後來蘭皋明白這其實反而阻礙自己的發展，經此挫折的蘭皋從此以門客身分四處漂泊，三十多年來，受權勢派系的限制而無處施展才學，可說是自食其果。而今天威堂的行動正可看出其對蘭皋有著深刻的同情。

「在流配地時，有天讀了蘭皋的詩而大笑不止呢！」

「您說的是哪首詩？」

「就是那首用數字巧妙串成的詩，好像是『二十樹下三十客，四十村中五十食』吧，呵呵，一生就靠餿飯果腹，居無定所，當然會弄壞了身子喝不得酒。呵！別再提那些沒有用的話，快把酒戒了，養養身體再離開吧！」

「大鑑大人一定沒看過這詩！」

「吟來聽聽！」

「千里行裝付一祠，餘錢七葉尚云多，囊中戒爾深深在，野店斜陽見酒何。」

「撐一根拐杖浪行千里，口袋裡的七分錢就是全部了，想好好珍惜這唯一的財產，怎知夕陽西下時經過一家酒鋪，這能錯過嗎？」

「小人一生就如此過來了，今天只給半杯酒？這豈說得過去，大人？」

「呵，那就給你斟滿，酒錢七分還不快納來！」

「大人不如命跳蚤交出肝來吧！」

席上一陣哄堂。

威堂勉為其難地將蘭皋的酒杯斟滿。席上的話題上至天文下至地理，最後歸結到《五洲衍文長箋散稿》。五洲居士在書裡描述在壬辰之亂中實際出現過、可在天空飛行的飛車：外觀像朱鷺，可載四人，用力拍打皮革做成的口袋，裡面的空氣受振動，車子就會往天空飛。威堂對這很感興趣。對身負三個道防衛重責的威堂來說，對飛車之說應該略有所聞。有了飛天之車，要擊退敵軍可說是易如反掌。但就算是五洲居士，也無法弄清楚傳說中飛車的構造和外貌。

夜漸深，酒興也漸濃。

正房的牆壁上掛著數把弓。

據說威堂射弓準確無比，百步之外奔跑的兔子也能命中。南窗下那精巧的雙門櫃上，還有後面那四方桌上，放的不是筆墨書籍而是許多的弓和箭，有犀牛角製成的角弓、牛角製的鄉角弓、鐵弓和竹弓等等。看來這些並不是為了練習用，而是為研究而蒐集的。原本就對飛車感興趣的威堂，任水軍統制使後對弓箭的興趣顯然更濃。弓是海戰時最基本的武器，兼具攻擊和防禦的功用，弓箭從最小的片箭、柳葉箭、長箭、鐵箭等各種各樣的箭全都有。

「看來您對弓頗有研究哪。」

惠岡順手拿起一個片箭看了看，又放了回去。

「那當然。倭軍的鳥銃射程短，而我們的弓箭射程長，要先敵制勝一定得靠弓箭，當然得好好研究改良改善的方法。剛才惠岡兄拿的那箭，叫片箭，是箭中之冠，往空中一射，大約可射到一千步的射程，鐵甲頭盔都能一穿而過。」

「能射千步之遠？」

「沒錯，水平射出的話也比別的箭多出一倍遠。倭盜們的鳥銃再厲害也不過一百五、六十尺，水戰時片箭的威力可說是非同凡響的。重要的是發射用的箭筒，只要把箭筒改良好，擊退倭軍的鳥銃就易如反掌了。」

「您的意思是那些倭盜現在還來擄掠？」

「當然。不久前巨濟島一帶就呈報有倭盜攻進來，傷人擄掠胡作非為。雖說只是海上的盜賊，但若沒有對馬島島主的縱容，這些倭盜怎會如此膽大妄為呢？坦白說，真想現在就舉兵開戰，別說是什麼對馬島，就連倭人稱為沖繩島的琉球也要打得它落花流水。」

「對馬島原本不是我們的土地嗎？」

已經有醉意的蘭皋不經意地說。

很意外的，沒人明快地回答。不只是無人作答，除了酒興正濃的蘭皋之外，所有人的臉色皆變了，明顯地顯得困惑為難。不知真是酒興高昂，還是原本就不懂得看場面氣氛，蘭皋又進一步問道：

「古山子新繪製的地圖裡可有對馬島？」

這一問，氣氛更僵了。

「……」

「我看過的《東國八道輿地圖》和《海東地圖》等朝鮮全圖，對馬島都歸朝鮮領土，所以我才問的。農圃子鄭尚驥的《東國地圖》裡又是怎麼畫的？」

「看這蘭皋，又醉了。」

五洲居士一看氣氛不對，開口試圖化解。

「我沒醉！在下對這些一無所知才問的。其他的我不清楚，但我見過《大東輿地勝覽》裡把對馬島劃為慶尚道東萊縣。」

他沒有回答，只舉起酒杯一飲而盡。

成宗時編製的《大東輿地勝覽》裡分明記載著：「對馬島……舊隸我雞林，未知何時為倭人所據……」事實上在更早的《高麗史》裡就記載了對馬島隸屬高麗，威堂和惠岡都清楚。

朝鮮王朝的實錄中也有相同的記載。

建朝之初太祖就下過命令要右政承金士衡征伐對馬島，世宗時也派征伐軍從對馬島豆知浦上岸，接受島主的降服。不僅如此，還將對馬島隸屬朝鮮的事實周知天下，慶尚道觀察使有權要求島主提出政務報告的文書也明示在案。世祖時，將對馬島島主封為從一品判中樞府事兼對馬島州都節制使，還賜其應得的俸祿，明確了臣屬的關係。有這麼深遠的歷史淵源，大部分地圖將對馬島繪成朝鮮土地是理所當然。不只是像《東國八道輿地圖》等較普及的朝鮮全圖，還有朝鮮八道總覽和農圃子以規格比例縮小而受世人稱許的《東國地圖》也都如此。唯一不同的是，在農圃子的《東國地圖》裡，除了標識出對馬島地名外，其邊界上還標識著「本界線」幾個字，可解釋成是把對馬島當作是朝鮮和日本的界線。

當然，對蘭皐的提問，他並不是無話可答。

非但不是無話可答，他甚至可以斬釘截鐵地提出答案，最簡明的回答該是：我還沒親眼看過對馬島，這應是第一順位的答案。

過去繪製的朝鮮地圖全圖中又是如何呢？

除了農圃子的《東國地圖》等幾張地圖外，事實上絕大部分的地圖都沒經過合理的測定，只是以不惹是非的態度因襲抄襲，甚至還有些地圖為了掩飾模仿別人地圖的痕跡，憑空任意改變了山脈水流的大小比例。事實上，即使實際測定村落的方位距離和山水的正確距離實際上有困難，至少也不能在連存在有無都未能確定的情況下一味地抄襲別人的地圖。

繪製地圖時最重要的準則是必須以事實作為根據。

至於政治上的考量與判斷乃在其次。若是這樣回答，情緒已經有些激動的蘭皐必會進一步詰難，憑這麼粗淺的思考怎麼能繪製朝鮮山河和採錄歷史和人物？然而，這確是最正當最基本的答案。

但更重要的是第二個原則。

惠岡適時地挺身替陷入為難沉默的他回答了這第二個原則。由於牽涉複雜，他正猶豫著該如何將這難以一言道盡的問題說清楚時，惠岡看出他的為難而挺身相助。

「這樣說是只知其一，不知其二哪，蘭皋。」

「此話怎說？」

「地圖最重要的就是依據客觀的事實，繪製地圖者若是僅憑自己的感情，或者將政治上的判斷放在第一位，那必然會造成謬誤。無條件地將國土放大，或者將還有待查證的土地繪成國土，都不能說是愛國。最需要排除清談空論，堅持實事求是精神的正是地理學，也就是地圖的繪製。」

「話雖如此，但人的感情怎麼說也會……」

「舉個例子……就以你提到的《東國地圖》來說也是如此。你無官在身，是個不受拘束的門客，對這些也許不十分了解。地圖首先就必須依照一定的縮尺來繪製，而《東國地圖》裡就沒有依一定的比例將各地方縮小，連方向也沒經過實地測定，連公認最值得信賴的奎章閣製作的地圖都如此，別的就更不用說。從這一點來看，古山子的《大東輿地圖》可說是劃時代的成果，我指的是縮尺和方位都無比精確，更具實證性。還有那些首創的便於辨識的圖示，其科學性實在令人讚歎！這正是實學精神啊。」

「但還是必須看情勢……」

一旁的五洲居士低聲加入談話。

「繪製地圖的人不也可以藉地圖宣揚自己的理想追求嗎？畢竟每一個人內心中都有自己的理想，依據自己的理想，進行添削誇張也是……」

「那是門客們幹的事。」

他這才開口以低沉清晰的口吻打岔道。

「容我直言……我想繪製的是供實際生活上使用的地圖，也就是惠澤厚生吧。先父因一張與事實不符的地圖而枉死，那還是官府給的地圖。地圖不僅僅關係著人類的興衰，更可決定人的生死。這和歷史上對馬島屬不屬於我們的問題無關。我個人心理上也希望能主張對馬島屬於我們，但人文學的理想和政治上的考量和判斷，並非我的職責。換句話說，讓對馬島能被繪製成朝鮮領土，是在座的大鑑大人的職責。」

「古山子說的，我完全贊同。」

惠岡將酒杯斟滿，抬高聲調說。

「再說，古山子並非拿官府俸祿的，若是備邊司和奎章閣的官員繪製地圖的話，當然可以依照政治理念和策略來繪製與事實有出入的地圖。相對的，古山子所站的位置反而能嚴格地遵守客觀立場。對一些需要從政治角度進行判斷或者有待商榷的地方，古山子基本上採取的是暫時保留的方式。這可說是以實學為基礎的科學家的胸襟。若是聽從當朝為政者的指示來繪製，那下一個執政者要求刪除的話，不是又得刪除了嗎？所謂實事求是的科學，是從冷靜的頭腦中產生的，古山子將政治考量上隸屬權不明確的部分採取保留的作法，我認為是正確的選擇。大鑑大人意下如何？」

話題方向轉向威堂。

那是因威堂只喝掉杯中的酒而一直未曾表示意見之故。提出這話題的蘭皋大概身體不適，已頻頻點著頭打盹，五洲居士和惠岡將視線投向威堂，他只是低頭注視著酒杯。繪製《大東輿地圖》時最費神的部分，大致是對馬島和琉球的問題、豆滿江尾端鹿屯島及鴨綠江流域的薪島等幾個島嶼，還有間島問題等。其中鹿屯島和薪島的問題最容易解決，因為這兩個島皆位於豆滿江和鴨綠江的中心部位偏南，加上歷史上有明確的根據，因此他毫不猶豫地將之繪在《大東輿地圖》上。至於對馬島和間島，因有待確認實存與否，還有歷史、政治層面的考量而暫時作了保留。他認為，待日後進行實地勘測，並在歷史政治性考量更明確時，可隨時據之進行修正，這是他選擇採取保留處理的理由之一。但威堂卻避開對馬島和間島的問題，反而提出一個風馬牛不相干的問題。

「那麼于山島（獨島）又如何呢？」

「于山島？您是說……」

「我是問，《大東輿地圖》上有沒有標示出于山島？」

「于山島位於鬱陵島東邊很遠的海上，加上是個很小的無人島嶼，因此沒標示出來。」

「太小就不標示？剛才說需要從政治角度進行判斷的，就是這于山島？」

「不是的！」

他很明確地搖頭否認。

于山島是位於鬱陵島東邊兩百里遠海上的兩個石島，很多地圖都將之繪在緊鄰鬱陵島東邊，或者就畫在鬱陵島和慶尚道之間，那很可能是把鬱陵島旁的竹島誤認為于山島。竹島他親眼勘察過，那是在威堂任錦衛將軍時的事，距今已有十五年多。那時是初春，在往鬱陵島的途中遇上風浪，九死一生才抵達鬱陵島，而搭船到于山島上時已是晚春。在鬱陵島逗留的兩個多月期間裡，他三度試圖搭船登上于山島，卻都因風浪中途而返，那些場面現在都還記憶猶新。

「你的意思是，沒把那畫進地圖裡去是因為沒親眼確認過？」

剛想說明，威堂卻進一步追問。

「因風浪大沒親眼確認是事實，但……」

「這不違反了天倫自然嗎？是不是？自古以來鬱陵島和于山島就是母子島，所以于山島也叫子山島。有母就有子，怎麼能違反天倫，把母子分開呢？而且你也該知道，于山國也用來統指鬱陵島和于山島的啊。」

「我當然清楚，自新羅時代那就是我們的疆土了。」

「不止在新羅時代，在歷史長達數百年的高麗王朝，合稱于山國的鬱陵島和于山島，長期以來就定期以土產朝貢，到了我們朝鮮王朝，朝廷曾多次派官到鬱陵島照拂當地百姓，世宗時還派金麟雨赴鬱陵島，官職就叫『于山武陵等處按撫使』。」

「《朝鮮王朝實錄》中于山國記載在『蔚珍縣條』裡，還說明兩島位於正東方向海上，氣候清明，兩島可對望。」

五洲附和威堂的話，惠岡接著又補充道：

「太宗時頒布的鬱陵島『空島政策』引發了一些問題。若不是那政策，也許有人就會移居于山島。最初的空島政策是考慮到百姓的安危，但這種防衛的姿態，讓倭賊們能利用這機會到那裡搶奪擄掠。」

「所謂空島政策，是建朝初期的事，那之後主張要在鬱陵島設邑治理的意見已提過不少次。因東萊人安龍福事件，日本幕府承認鬱陵島和于山島一帶是朝鮮國土，還曾頒布渡海禁止令，禁止日本漁民進入那一帶捕魚……」

「就我所知，在鄭尚驥的《東國地圖》裡鬱陵島和于山島的標示可算正確。」

「標示是標示了，但最重要的距離縮尺做得不能算正確。」

他抬起頭，平視著威堂的視線。

雖還猶豫著是否有必要對那些枝枝節節進行說明，但既然已經談到這裡，看來只能直率地告白。于山島是無人居住的石島，鄭尚驥的《東國地圖》是上色的筆寫本，而《大東輿地圖》是能大量印刷的木版本，兩者本質上不同。自己親眼勘測過的國土中，島嶼少說也有數千個之多，這麼多的島嶼不可能一一刻上去，且撇開是否親眼勘測過的問題，在距鬱陵島兩百里遠的海上有兩個對望的石島組成的于山島的存在，和其隸屬朝鮮的事實，他自始至終都堅信著。在繪製地圖時，特別在編纂地誌時，他最著重考察究明的，就是那些已經消失，或者正在消失中的古邑、城池、鎮堡、陳田和典故。

他相信歷史上的證據才是事實和實證的根據。

他所編纂的地誌和其他地誌最大的差異也就在此。從這一點看，若誹謗他對于山島的存無和其主體性有所懷疑的話，那真是天大的誤解。他曾確認過所有于山島的歷史資料，當然對之無任何疑心。

「我想再一次強調，地圖的生命取決於縮尺比例是否正確。」

他的語調寧靜而平緩。

「對農圃子鄭尚驥先生利用百里尺所做的《八道圖》和《東國地圖》，我不想作任何評價，但從島嶼和各地方的比例縮尺來看，說《東國地圖》繪製得正確顯然欠妥。《東國地圖》筆寫本也有幾個不同的版本，就拿我見過的筆寫本來說，于山島緊鄰著鬱陵島，這分明是縮尺作業不正確。我曾向居留在鬱陵島上、往來於此兩島的人確認過，從鬱陵島到于山島，距離有兩百里遠，但很多地圖根本無視此事實而任意繪製。容我坦白，沒把于山島標示出來的理由，是因為《大東輿地圖》是木版本，請各位注意這一點，並聽我的說明。」

《大東輿地圖》是上下左右可摺疊的分帖摺疊式。

將全部國土縱向依每一百二十里分為二十二帖，每一帖再依橫向每八十里間隔開來，摺疊起來就單獨成卷，必要的時候可挑選必要的帖或者摺，以便攜帶，這都是出於實用性而設計的。鬱陵島在第十五帖的最右一摺，若要標示出于山島，就算距離不到兩百里，以每折八十里的間隔來說，至少也要增加兩三摺，其中的兩摺上除了遼闊的海之外別無他物。雖然如此，但也不能就模仿其他地圖的作法，將于山島繪在鬱陵島之右。換句話說，不僅雕刻時非常不便，印刷時中間有兩摺空無一物的木版，這實在是不便之至。

並且于山島是個無人島。

他製作地圖的初衷是為了利生便民，並且以木版本製作，所以要將那無數的無人島標識出來，不僅技術上困難重重，事實上也沒必要。這就是和筆寫本地圖的最大差異。將《大東輿地圖》整個攤開的話，大約有二十二帖，就算是兩面雕刻也要六十多片。因為這許多雕刻技術上的困難，他自行繪製的《東輿地圖》中就有五千多個地名沒在《大東輿地圖》上標識出來。出於這些製作過程上的種種難題和實用性的考慮，他未將于山島標示於地圖上確是事實。

但這並不是說，這樣的作法很可取。

雖說是出於實用性的考量，但無法刻出所有島嶼分明是他心中的痛。對類似威堂所指出的誤解和指責，反駁有什麼用呢？威堂和惠岡一生不遺餘力地幫助他、支持他，不僅是朋友，更是同志和支援者，所以他更願意詳細說明。

「嗯，聽來不無道理，不是嗎？威堂！」

惠岡聽完他的說明，轉過來徵求威堂的同意。

「我身為繪製地圖的人，拿雕刻上的不便和木版本形式上的限制來作辯解，其實不算是光明正大的理由，但我想說的是，木版本本身的限制不是我現在的能力所能克服的，這就是沒在地圖上標示出于山島的理由，希望大鑑大人能理解我的苦衷。」

「我明白了。對你的苦衷我並不懷疑。」

威堂往他酒杯斟了滿滿的酒。

其實威堂是欲蓋彌彰。身為朝廷命官，威堂對對馬島問題無法提出明確的說法，因此故意提出于山島問題來避開敏感話題。夜深了，海上浪濤的聲音似乎很近。于山島遠在外海，但對馬島則不同，從釜山浦出發只需一天，天氣好的話，也許用不上一天，他心裡想著。

「有一請求不知大鑑大人能否相助？」

「什麼事？」

「想從釜山浦出發，到對馬島一趟。一來島上留有我們歷史的痕跡，二來現在雖有倭人居住著，但自古那裡就被視為我們的土地，很希望能親自上去仔細勘察一下。」

「我先了解一下詳情……」

威堂話沒說完，就舉杯一仰而盡。

說來也是，威堂任職不過幾個月，且一向特別重視原則，處理這樣的事情是絕無即興處理之理。

已有醉意的蘭皋忽然歪倒向一邊，躺了下來。

海風似乎越來越強了。威堂傳喚部下服侍蘭皋回房休息的清朗嗓音中夾雜著呼嘯的海風聲，如同上千上萬的騎兵隊伍逼近似的。戌時已近，若是在漢陽，告知城門要關閉的鐘聲早該響起。順實哀淒的臉龐突然隨著潮聲覆蓋過來，又無可奈何地退去，緊接著是惠連師父的臉龐，但惠連師父的臉龐不像順實的臉那麼清晰，多處模糊難辨，如在霧中。說是在南部的一個海邊，或許斯人此刻也聆聽著這海潮聲無法入眠。就像風的道路無法臨摹一樣，思念的道路也無從呈現，面對這人的極限，他感到一陣揪心的傷痛。

他舉起酒杯，一仰而盡。

對馬島之行的請求，威堂始終沒有正面承諾。次日，德川幕府和天皇之間發生紛爭的消息傳來。年前德川幕府不聽從敕令自行與西方帝國締結條約，結果與天皇反目，幕府內部也因權力繼承問題而引發嚴重的暗鬥，安全問題很難確保。對馬島正式被封為大名宗的封地，雖遠離幕府的掌握，但倭人政變如擴大，對馬島島主當然隨之變得敏感。

「最近還傳聞，和俄羅斯之間發生問題。」

「俄羅斯離對馬島遠著呢……」

「俄羅斯宣稱要使用對馬島的土地，這種種都讓對馬島島主無法安心。依我看，勘察的事日後再看機會較妥。我看倒不如利用這機會繪製南海岸詳細的地圖，古山子意下如何？」

「我正因為要著手編纂《大東地誌》而計畫繞南海岸一圈，大鑑大人。」

他只好如此回答。

蘭皋在兩天後啟程赴全羅道。

殿庭科舉考試庭試文科和式年文科中有數十人及第的傳聞傳進統制營，整個營裡人聲沸騰，嘈嘈嚷嚷的，這當口上，整理行囊準備離開的蘭皐神色看來似乎更凝重。生不逢時的蘭皐雖早已對仕途斷了念，但心中難免還有隱痛。這次威堂安排蘭皐在此休養多日，但看來也沒多大效果，蘭皐看來就像將走上人生終途的人。

「大鑑大人又沒有逐客的意思，不必要如此匆忙……」

「不是的，統制營這內衙實在不適合我，再說也已停留得夠久了。沒錯，餐風露宿讓我的胃病越來越嚴重，但我金紗帽要死也得死在路上。不管別人怎麼看，世上沒人活得像我一樣自在逍遙。只希望下輩子出生在一個沒有身分尊卑之分，也沒那麼多繁瑣規矩制度的彌勒世界裡。」

「這什麼話！才剛過知天命的年紀……」

惠岡聽得不舒服，出聲指責蘭皐的不是。

蘭皐往浦口走去，漸去漸遠的背影看來很淒涼。蘭皐乾瘦如同玉米稈，連個子也像是縮了一截，遠看好像只是一頂紗帽飛空前進似的，是否能安全抵達全羅道實在令人憂慮。站在惠岡身後默默目送蘭皐遠行的五洲居士眼睛裡也泛著些許的水光，也許是最後一次見蘭皐的預感隱隱地湧上心頭，一陣刺痛。

蘭皐有詩，而他則有地圖。

蘭皋早就悟透世事的無常，因此選擇在不受制度壓迫的流浪風塵中自在逍遙遊，徹底放開身心。而他，即使身體隨風飄蕩，心中卻有牽絆而無法完全放開，那就是要將天下疆土繪入地圖的堅持。他和蘭皋一樣，終生的夢想就在風霜雨雪之路途中，其實起點和終點並沒有什麼差別。

心頭一陣酸楚，海潮聲依舊逕自高起。

一年多之後，乾瘦不成人形的蘭皋死在全羅道東北方赤壁江上的一葉扁舟上的消息隨風傳來。如同他此刻所感覺到的，蘭皋往海岸走去的背影，已經模糊渺茫地往陰間延伸過去。

竹簾

年年年去無窮去
日日來不盡來
年去月來來又去
天時人事此中催
——蘭皋金炳淵，〈是是非非詩〉

以統營的統制營為中心，繞經馬蹄狀的海岸線往釜山浦的話，必須依序經過固城、鎮海和龜山浦，再經過金海的金井。地圖上看來距離不遠，但因海岸線崎嶇彎繞，要到釜山浦得花上不少的腳程。

從統制營往西走也一樣。

從統營沿固城縣西南角走到底可直抵泗川，但從泗川往南經昆陽和露梁，再繞過南海島北上到河東和光陽，這段路行來也並非易事。

總之從統制營出發，有兩個方向可走。

首先得先決定要朝哪個方向。威堂建議到釜山浦一帶看看，但出了統制營後，他在心中暗暗搖頭。鎮海到釜山這條路已經走過多次，那崎嶇彎繞的海岸，還有散布海上的大小島嶼，他都瞭若指掌。這並不是說他對統營到光陽之間的海岸線就不熟悉，而是因為那裡很早就遭受倭寇擄掠，更在壬亂中受創深重，繪製《大東輿地圖》時他已經對之進行過精細的地理考證，還作了嚴密的歷史考據。

「那，就在這告別吧。」

不到五時，在固城縣附近惠岡拱手告別。

舉目所見皆是盛開的春花，絲綢般輕柔溫暖的春風輕輕拂面而過。惠岡和五洲居士要經由鎮海、咸安、昌寧，繞過安東赴忠清道，而他則選擇走南海、河東的方向，自然得分道揚鑣。安東是儒家文化的重鎮，惠岡很早就希望能去探訪，加上可順道參訪仰慕已久的南冥先生遺留下的遺跡，分手時惠岡臉上神光煥發。

「什麼時候能回漢陽？」

「託付妙虛照顧的順實，我還是放不下心……」

「順實大可不用擔心，我走時妙虛說她很好。對了，打算朝哪個方向走？為了《大東地誌》嗎？」

「嗯……想先往南海島，順道尋訪個人……很早以前就決定了。就此告別。五洲賢兄，一路順風。和惠岡同行，有您勞累的！」

「有什麼可勞累的，遍地繁花，還能和惠岡同行，是我的福啊！」

「那麼，兩位後會有期。」

十四天來的相聚結束，現在，他又獨自一人成行了。

他馬上就接近泗川一帶。

在到統營之前已經決定要到南海島，迎著和煦如絲綢的暖風，腳下輕快如飛。久未一人獨行，感覺好像換下過季的舊衣，再次踏上旅途更是讓他如魚得水。連綿的佛岩山、望林山和文殊山緊追其後，蛇梁島等小島以亙古長存的姿態一座一座迎面而來。

不到一個時辰就到了望林山下的水大浦。

依稀記得曾在這小小的浦口停留過一晚。海上風平浪靜，彷彿一幅水彩畫。時間已過午，前面有家坐落在海邊的酒鋪，他就進去點了碗湯飯，滿臉是麻子的酒鋪大嬸正在一旁摘剛捉回來的鮮魚的魚鰓，他便開口問道。

「這附近可有尼姑庵？」

「這一帶沒有，聽說三千浦那邊有。」

「三千浦在哪？」

「大概是在臥龍山，還是什麼天旺村的。」

這酒鋪大嬸性子慢，不急著準備湯飯，只繼續弄她的魚。

一葉帆船從三千浦那邊的小島間穿滑過來，他看著看著，張口打起大呵欠。聽說兩個月前晉州那邊發生民亂，心下有些擔憂。這亂事分明會波及他必須經過的泗川，還聽說益山、咸平也傳出亂事。在這個當官成了壓榨民脂民膏，滿足一己貪欲之手段的亂世裡，一無所有挨餓受凍的百姓舉旗而起攻進官衙是必然的，民亂就如同傳染病一般四處蔓延。江山如此壯麗，治世卻一無可取，沒有希望是最大的問題所在。

然而他不需倉促動身。

填飽了肚子，也歇了口氣，身體精神都飽滿，威堂添加給他的盤纏更是十分充足。心中已打算好先周遊周遊這一帶的山川景致再慢慢往南海走。雖隨口探聽一下哪裡有尼姑庵，但他確信惠連師父一定就安身在南海島的某個庵裡。在赴統營時不順道到南海，也是因為明知這是急不來的事。

若是相見如此容易，那思念也就不會如此深刻。

日月星辰的流轉讓思念與日俱深，思念越深，抵禦風霜的力量也更強。用不著急躁，他想過，把相見推遲也許更好，現在這想法依舊沒變。大嬸送上湯飯前，若太陽下山了就在此地留一宿，枕著海濤聲入睡也很愜意。

惠連師父最早出家是在太乙庵。

太乙庵位於泰安白華山下磨崖三尊佛旁，其名稱是因太乙殿中供奉有檀君御像而得名，是座歷史悠久的佛庵。惠連師父小姨母就在這庵裡的膳房裡幫伙，殘廢了的小姨父也在那裡當伙夫。因此一聽到望月庵的供養主說惠連師父定居在慶尚道南部海邊時，他自然地想到白華山下的太乙庵。因此離開望月庵後他當然直奔白華山。而他到了太乙庵，又聽說有個比惠連師父更早在太乙庵出家的尼姑現在隱居在南海某處，這消息強烈地暗示著惠連師父的去向。雖無法尋得惠連師父的姨父母，但既然太乙庵住持說她可能在南海島，那只要有心，要找到她應該易如反掌。

「先上湯飯，再來碗濁米酒！」

久久等不著湯飯，他抬高嗓門喊。

專心一意地切洗好鮮魚，正要站起身的那痲子大嬸這才瞥了他一眼，舉步走往濁米酒酒甕旁。海上沒風，但剛才還在海島間的那帆船不知什麼時候已經滑到了眼前。那小島可能就是松島或者是河島。大嬸用掛在酒甕上的圓竹條做的濾酒簍打出濁米酒。午後的陽光像濾酒簍濾過的酒一樣清澈通明，小島們也一寸一寸地沉下來。他靠在牆上打起盹來，臉上表情無比恬適。在稀薄的夢境中，純潔清明的早春山河緩緩地掠過。

南海並不是他旅程的終點。

他不止打算順道到對馬島、于山島看看，更計畫越過鴨綠江和豆滿江，上間島巡視一下，這他很早以前就計畫著。雖然沒在《大東輿地圖》上畫出來，但他早想另行繪製對馬島和間島的地圖。

關於國境，他從未曾想用草率的態度來判斷。

那樣做的話，不管是從實學理念或者科學角度來看，都是一種逾越本分的事。在對馬島上，特別是間島上有相當多的我朝百姓越江在那耕作營生，而且歷來關於這些地方是朝鮮國土的主張也有相當部分獲得確認，因此他想藉此機會好好完成這一帶的地圖。雖則如此，但這不是急得來的事。

夢中，他迷失在間島的某處原野中。

是竹簾。

走進一個狹隘的石窟大約十來步，眼前霍然出現一個十來尺寬的空間，有道雪白的簾幕橫擋在眼前。那簾是用麻絲將細條竹片密密地串綴起來的，簾的那頭點著盞燭火，一尊古老的小石佛反射著燭光。一個師父面向燭火，端雅地坐著。

惠連師父？

然而那聲音卻堵在喉頭。燭光下拉長的師父身影遲遲疑疑、一點一點靠近他，彷彿等候著他似的，一下將他攬入懷中。

海風的聲音縹緲悠遠。

他不知所措，猶豫地站著。領他到洞口的童子僧帶著坐墊和茶杯進來，往地上一放，並用眼神示意要他坐定下來。那童子僧看來約莫十來歲，膚色黝黑閃著青銅光澤，眼神清亮。他整日跋涉，在南海島尾端一帶的崎嶇小路上時遇見這童子僧，當時童子僧立在一處竹叢環繞的山門前，獨自望著路的盡頭。後來這童子僧引他見了比惠連師父更早在太乙庵出家的住持，一直緊靠住持坐著的童子僧在住持的吩咐下先到過石窟一趟，大概已經對他不辭風塵之苦遠道而來的曲折有些了解。他依照童子僧的示意，正對著坐定的師父背後坐下，和師父之間隔著竹簾，距離不到六七尺。

童子僧熟練地斟茶水。

罐嘴上冒出白色煙氣，茶水滴進茶杯發出清澈的聲音。純白的茶杯。童子僧又用眼神示意他拿起茶杯。他用雙手端起茶杯，用眼神向童子僧示謝。童子僧展顏一笑，輕手輕腳地退出石窟。童子僧那一排白晰的牙還留下一點殘影。

竹簾那頭的師父依舊聞風不動。

這石窟深掩在寺東邊院子前一條險陡狹隘的棧道往下走二十來步的地方，石窟外面就是幾乎呈垂直的絕壁，絕壁下除了海之外別無他物。海浪衝擊絕壁的聲音遙遠而模糊。

他慢慢地呷了一口茶。

應該是新摘的一品好茶。那純淨的茶香從口腔慢慢地滲透到全身。剛進石窟望見師父背影的那一瞬間，胸口一股似清晨瑞氣般充溢胸口的熱氣因為茶香而一點一點地沉澱下來。

惠連師父此刻正在做千日祈禱。

住持的聲音還在耳畔。至於是不是一千日中不出洞窟一步，還是千日祈禱進行幾天等等，住持未曾提及而無從得知。四周岩石圍繞的這洞窟，清靜而簡素。

「……師父！」

好半晌，他忍不住而開口。

雖放低音量，但因在洞中聲音有了回聲，他一下子噤聲。熟醉的春天，溫煦的午後，這裡是南海島的終端。童子僧已經來過，惠連師父該知道身後的來人是誰。

然而惠連師父一直沒有作聲。

他回想著，在露梁搭上木船到南海島的毛逕浦停留了一宿，那天正下著春雨。登越南海和平山浦之間的山脈時強風猛烈到幾乎無法睜眼，而從尚州浦下來時天氣則極好。離開高城之後走了十天才走完露梁海邊，到了南海幾乎沿門乞討了十日。這樣算來，從統營統制營出來之後已經二十一天了。若是在三千浦附近的臥龍山沒遇上山賊被搶走路資的話，應該可早點到南海。那山賊是參與了鎮州民亂而從官兵手中逃出的船夫，體魄偉岸。經過二十天的乞討，他的形色不用看也知道是憔悴至極。

這裡應該是南海島上嶺的山麓地區。

一邊是先前走過的三千浦前的海邊，轉頭則映入眼簾的是茫茫的南海，看來彌助離這不遠了。這一路崎嶇轉折的道路紛亂地湧上心頭，師父依舊沉默無語，久久的等待中一股氣惱慢慢漲滿胸腔。若明白這中間他經歷了多少的霜雪風塵，師父至少該轉過身來相見。

他的嗓音變得有些懊惱。

「惠連師父，是我……古山子金正浩！」

「……」

「走了好遠……好遠的路來，請轉個身吧。從黃海高達山經過海州……再經泰安，這樣走來的。惠連師父您也知道……就是那條路，高達山山頂上……和從前一樣……積滿了雪……」

他突然無法盡言。

驀然地，眼前高達山大小山峰紛亂地飄遊，因飢餓、寒冷和官兵的凶暴而慘死，埋骨於荒野的百姓也成群地掠過眼前。晨曦照射下，殘忍地明暗兩分的那個高達山山頂石洞裡死去的女人，海州鄭氏的胸脯也浮現眼前。是惠連的母親。還有，戴著大人風遮，不到十歲的惠連師父的容貌也歷歷在目。這一路，不管是空間的，還是日月星辰流轉的時間，都是遙遠無比的路程。他突然感到鼻酸，舉杯把剩下的茶一仰而盡。水嚥進喉頭的聲音浮躁而冒失。遠處時間和空間交接的那盡頭，順實愣愣地立在那兒。

「順實……長大了。」

許久許久，他才把話接了下去。

尋了這麼遠的路來，到底為了要說什麼，無從知曉。惠連師父依舊如石佛般安坐不動。然而他感覺到，惠連師父細瘦的兩肩上，俗世因緣揚起的狂濤急波正在推湧著。燭火搖曳，惠連師父的身影也搖曳著。

「這孩子，跟著沒能耐的父親，吃了不少苦。」

大約是太陽下山了，洞窟裡比稍早時暗了一點。

「不過……健健康康地長大了，就是還沒能給她找個對象，有些放不下心。那要看緣分的，我和孩子都不太放在心上。在高達山上看到惠連師父您整拾母親的遺骨，才知道您還在這世上。我來得太晚了。望月庵的供養主帶著順實到藥峴尋我的時候……師父躲在山崗上看著，我都知道了。說來……師父太絕情了……」

「……居士！」

惠連師父緩緩地打破沉默。

「居士，您知道的惠連師父……已經……不在這裡了。」

「……」

「這裡是阿彌陀佛的道場，是丟棄我相……只問下心之路的地方。居士千里跋涉到此……請到禪房休息吧。南無觀世音菩薩……」

「至少讓我見見師父的臉……」

「對我來說……已經沒有臉了。世間萬事……前和後……都合一……居士跋涉了千里，難道還看不透？」

「惠連師父！」

「……至心歸命禮　三界導師　四生慈父　是我本師……」

惠連師父突然提高聲調開始誦佛經。

海浪聲被惠連師父誦經聲驚嚇得逃匿無蹤。燭火高聳，急急地閃動著。師父的後腦勺黑黝黝的，燭火映射下的頭頂囟門則一片白。一念念佛。所謂一念念佛是指不經過心，只專心一意地用嘴誦念佛的話語，用耳朵專心一意地聆聽佛的話語。此刻他頓時明白了惠連師父不會再對他作任何的回答。不用言語來區分是非、辯論輕重、爭論對錯，這是消除是非矛盾的所謂滅淨法。此刻坐在身旁一念念佛的真是惠連師父嗎？也許不是，無法看見她的臉更覺如此。

燭光後，黑暗正以破竹之勢掩至。

他愣愣地坐了好一晌之後才站起來面向前面釋禮三拜。所謂三拜，第一拜以身、口、意三業畢恭畢敬地行拜，第二拜是皈依佛、法、僧三寶，第三拜則是求消除貪、嗔、癡三毒。

出了石窟，海風冷冽。

頭腦中和心中已經清理一空，爽淨無比。

雖然才剛從石窟中出來，然而石窟中發生的一切恍如夢境。站在寺前望向這邊的童子僧很快地走下來。只有海浪擊岸聲，被黑暗吞沒的海上什麼也看不見。國土的終點。

次日清晨。

他看到石窟入口的木門鎖得牢牢的。

在極度勞累下，酣睡一夜後，次日清晨在寺後竹叢裡傳來的風聲中悠悠醒來。昨夜發生了什麼事？夢中驚醒後他摸索著走到石窟前，是夢是真無法確知。惠連師父的飲泣聲也似真似幻，似乎還聽到石窟深處隱隱傳來的笛聲。

「惠連師父今天凌晨離開了。」

住持正用茶巾擦拭著茶杯和熟盂，隨口說。

「師父沒說去向？」

他明知不會有回答，然而還是問了。

「修行者出門托缽或者雲遊是理所當然的。元曉大師在〈發心修行章〉裡這樣告訴修行者。歲月流逝，一天一天地過，不知不覺地就過了一個月；一個月一個月地過，不經意間一年就流逝了；一年一年過去，接下來就是死亡。破損的牛車無法滾動，人老了也無法修行。所以修心求道怎能不急呢？惠連師父近來就是以這樣的心情在過日子，而且師父身體狀況不佳，修道的心當然更急切。師父臨走前交代，居士千里跋涉而來，讓老僧照顧居士在這裡多休養幾日。師父大概輕易不會回來了，居士就安心地在此養足元氣再離開吧。師父還交代把這個交給居士。」

「惠連師父……病勢嚴重嗎？」

「與其說是病勢嚴重……應該說是一個旅者眼看太陽逐漸西落，但路途還遙遠的那種心情吧。」

住持沒把話說完，就將一個摺疊好的絲綢小布包遞了過來。

絲綢小布包上繡著一棵老松和明月的圖案，看來出自惠連師父之手。望月庵院子邊上的老松和上面那輪明月此刻和這小布包在眼前重疊交錯起來。他小心謹慎地打開布包，手指發顫，胸口又有一股熱氣竄流。布包裡包著的，是十歲時離開兔山翻越高達山時跟著包袱一起丟失的，母親遺留下的銀髮簪。

啊！娘……

他將銀髮簪擁入懷中。被惠連師父母親的屍體驚嚇得慌張逃出石洞時所丟失的銀髮簪，可能是惠連師父在將順實送到他那後，再回到高達山撿拾母親遺骨時拾回的。包袱應早已腐爛，銀髮簪就和臨終前用最後一滴奶水救了他一條小命的師父母親的遺骨一起留在洞裡。他再度將銀髮簪用布包好揣入懷中，並向住持辭別。師父為了避開他而離開，那麼原本就是世俗之身的他應該離開，好讓師父回來。

「不等恢復元氣再走？」

「不了，昨晚難得睡了個暖覺，現在精神體力都恢復了。日後有機會請轉告師父，祈願她早日得道成佛。」

「居士往何處去？」

「有緣分的話想到對馬島和間島看看。我去過無數的地方，除了這兩個島之外，幾乎任何地方都已踏遍。」

「那，就請慢走。」

他笑了，住持只微微揚起嘴角。

童子僧一直跟到山門下。稀疏的松林間，山竹正在快速成長。天清氣明，竹葉在海風吹拂下發出沙沙的聲響，很是悅耳。童子僧站在山門前合掌問道。

「想問一下，翻過一座座的山之後，是什麼呢？」

「翻過一座又一座的山之後，還是山。」

「越過海之後，是什麼呢？」

「越過海之後是土地，越過土地之後又是海。師父，看來您想雲遊四方，只是年紀尚小……」

「等長大了……」

「會有那麼一天的。請留步。」

他合掌躬腰，出了山門。

大約走了十來步，他回頭一望，年幼的童子僧還合掌站在原處，眼角似乎濕了。童子僧合掌的手很厚實，看來像無色的花瓣，純美依稀。進去吧，師父，一定有一天能如您所願，或許還能比我踏遍更多的土地，越過更多的河川。他邊在心中自語，邊用手表示告別，然後轉身開步走。不休息的話可以在一天內走過南海。山窟深處傳來的笛聲回聲似乎還在耳畔迴響。若那真是師父的哭泣聲，那麼還有很長的路在等著惠連師父。祈願所有的怨結從此消解，師父！他淒淒地自語道。

不知道從何處傳來布穀鳥「布穀！布穀！」的叫聲。

金錢鼠尾

朔風掃枝葉
明月映雪寒
萬里邊城一長劍
對風長嘯震四方
——金宗瑞，〈青邱永言〉

在木浦等了半月後，他在春已近尾聲的五月中旬搭上便船。那是艘經泰安、江華、海州，北上到平安島定州附近的海運商船，船底板超過五十尺，可載運千石貨物，主要載運務安的穀糧和康津出產的陶器北上。透過一位在海州有數面之緣的領位周旋安排，他以造船修理工的身分上船，主要負責隨時監視桅杆，檢查船底板，修換船庫和甲板上腐壞的板材，若沒特別的事故，工作並不特別辛苦。並且，傳聞在洪景來之亂中被斬首的大哥正是在定州城和博川、義州一帶出事的，正好可藉這機會走訪一趟，然後他打算越江到間島上看看。

間島土地遼闊。

鴨綠江對面就是西間島，越過豆滿江就是松花江上游和白頭山東邊，一般還將這一帶稱為北間島。間島是由豆滿江、鴨綠江和天山山脈、黑山山脈環繞成的廣袤之地，比起咸鏡道、平安道北端，此處的土地肥沃許多。剛開始百姓們只是越江去開墾耕作，後來在無力抗拒貪官汙吏的壓迫和苛捐重稅的情況下，更多百姓乾脆帶領家小深入到間島內部定居。土地肥沃是個誘因，但更重要的原因是間島一帶很久以來無人管轄，不必擔心重稅，也沒有官衙來奴役。至少在大清國開朝並開始對白頭山和間島一帶有所關注之前，間島大約就是這樣的狀態。還有，這裡還是先祖們建立高句麗和渤海國的根據地，這多少也產生一些心理影響。

但最近情況有些變化。

大清國近來主張這一帶是其民族發祥地，動不動就在間島內陸、白頭山一帶、鴨綠江和豆滿江流域等地以國境問題為由引發事端，傳聞還增派兵力守衛，說不定不久的將來會更進一步硬將整個白頭山都劃為清國領土。因此，我朝開始有官員主張，必須向間島居民徵收稅金，藉此堂堂正正地向清國宣示國土的界線。畢竟這一帶的國界問題不是單以豆滿江或者鴨綠江等實線就能作出明確劃分的。

一般都拿江河來界定國界，然而江河的支流分脈何止一二。界定國界時，更該優先考慮的是當地居民的身分、地方的歷史沿革，還有當地山脈水域系統等問題。據他所知，間島的隸屬問題至今尚未有地區別詳細的劃分，歷史上的各種遺跡也不甚明確。肅宗時雖立白頭山定界碑，西以鴨綠江，東以土門江為國界，但所謂的土門江到底指的是哪條水道並不十分明確。

很多地圖也都一樣。

農圃子鄭尚驥的《東國地圖》裡，白頭山到間島之間畫有一條東北方向的曲線，還標出「土門江源」幾個字，這樣的標示法在其他地圖裡也常可看到，這等於是將松花江上游看成是土門江，如此一來，松花江下方那遼闊的間島當然就屬朝鮮所有。而大清國執意將土門江認定成是豆滿江，也就是圖們江，當然得不出結論。

有爭議的國境問題向來敏感而易生變化。

以個人的身分繪製地圖，必須以科學化的探索和精準無誤的測定為基礎，斷不能憑個人的感情任意繪製。他想走訪間島，並非想強調自己對國土的個人信念，而是只要有餘力，他想另行繪製對馬島和間島的詳細地圖，因為那兒自古就有著朝鮮歷史的痕跡，那裡一部分地區還有我民族居住著。若有機會，更想越過間島，藉此機會順道深入去一探清國的文化。

船就要出航了。

一早太陽就陡然高升，木浦前海上小島星羅棋布，碧藍的海面上波光粼粼。他坐在船首遙望著海面和漸去漸遠的陸地。二十天內就可經過鄭州、義州，入秋即可抵達間島。清國人只留下後腦勺的頭髮編成髮辮，其餘部分全部剃光的奇異模樣此刻模糊地浮現眼前。

有「金錢鼠尾」這樣的說法。

清國人只留下後腦勺少數頭髮，編成老鼠尾巴的樣子，因此稱為「鼠尾」；編成的辮子要能穿過銅錢中的方孔，因此稱為「金錢」，這是從惠岡那聽來的。五洲居士和惠岡現在大概分道而行，分別抵達忠清道和漢陽的宅府了。想像著清國臣民一律編著金錢鼠尾的髮型在街上成群走動的模樣，他嘴角不自覺地浮現一絲笑意。

然而一想，腳下踏的是北方土地。

自古以來，北方人們就守在這寒冷而貧瘠的土地上，不少人或因叛逆罪名被捕冤死，或被送上戰場在寒風暴雪和寒霜中流離失所，終至未能返回故鄉，只留下刻骨的憾恨客死他鄉。流離在外的，不管是吃的、睡的，甚至在夢中，該是苦不堪言的吧！更別說越過邊界，在人生地不熟的間島，那苦楚更難以言喻。這裡沒有任何相熟的褓負商和接主，連張事先畫好的地圖也沒有。若遇上寒冬，在冰凍的豆滿江和鴨綠江上，能遇上的可能只有為守衛疆土而冤死的魂魄而已。即便如此，現在展開在他眼前的道路，終究是嶄新的天地。《大東輿地圖》以外的大地裡，山脈水流是如何聚散交錯，他極想一探究竟。

他用力喝了聲「啊呵！」，深深吸了一口氣。

到了夏天才抵達定州城，這裡正是洪景來叛軍最後壯烈敗北之處。定州城城邑堅固，官兵花了十八天的時間挖出地洞，在地洞裡點燃炸藥才攻下這城邑，據說埋下的炸藥達一千八百斤之多。他還聽說，在最後一戰中，反叛軍陣營包括洪景來在內有數百人死亡，數千名百姓被捕斬首。這樣看來，要弄清楚大哥怎麼死的，死在哪裡，根本就不可能，加上時日已久，連打聽都無處打聽。更令人吃驚的是，還能見到一些還記得當時情況的老人，其中相當一部分人堅信五十多年前的定州城戰役中，洪景來並未戰死。

「將軍一定會回來開創新世界的。」

酒鋪裡遇見的老人表情十分堅定。

「亂事發生當時，老先生多大年紀呢？」

「還不到三十吧，大概。我只遠遠地見過將軍一次，將軍臉如白玉，身材魁梧，真像關雲長將軍。將軍絕對不會死的，大家都相信歲月影響不了他。那時不願被捕而越江求生的人不計其數，聽說那些人也都在等著將軍回來。」

「那就是說那時參與叛亂，最後涉過鴨綠江逃亡的人，有不少還住在那嘍？」

「可多著哪，還有不少人登上島上去。」

「您說的島，舉個例來說，是薪島嗎？」

「鴨綠江上的島可多著啦。」

遇見這老人是在宣川北部的安義。

盛夏，他經過郭山和宣川，順道走訪安義。大約是十七歲那年吧，離開海州，四處飄泊，沿鴨綠江一路走到白頭山。路上為了籌路資，他曾在這裡的一個打鐵鋪裡工作了一年多。如今那善心的打鐵鋪主人已經過世，兒子繼承打鐵鋪。令人驚異的是，那兒子一眼就認出他，欣喜地歡迎他。這家打鐵鋪擴大了，規模也變得齊全。

他在那裡歇腳充分休息後，接著就越過天馬山赴義州。

義州的夏天熱鬧非凡。

全國各地往來清國做買賣的商人們都在此聚集，負責稽查這些商人，守衛國界的軍卒們更是滿街都是，加上鴨綠江上游砍伐下來供作燃料的木料成捆地順江流到江邊浦口，江面上往來各小島的木船和捕魚船就在漂流的木頭之間交錯穿梭，忙碌異常。他以義州作為根據地，花了些時間走訪鴨綠江下游一帶的薪島等島嶼。因路資不足，只得一路做些零工，長期餐風露宿下來，面容憔悴有如乞丐。雖然因消瘦而行色枯槁，但雙腳卻鍛鍊得強韌無比。他之所以對附近的島嶼產生興趣，是因為近來清國多次強行將這些島嶼納入清國版圖。

薪島又名獐子島。

《世宗實錄．地理志》上記載著的「春秋兩季，按邊使行望祭」，所指的正是此島。居住在這個島上離鴨綠江入海口不遠之處的居民大多靠曬鹽維生。早在明清兩代，不少衣食無著的中國百姓偷渡到這島上謀生，有時還被我朝官兵逮捕。這裡隸屬平安島龍川府，不只盛產鹽，蘆葦也產量豐富，可用來製造高級綢緞，贏得了綢緞島的美名。薪島四周有露積島、獅子島、永島、末島、洋島、草介島、長島等島嶼星羅棋布。島周長十五里，距遼東六十多里，距龍泉十多里，沒有險峻的高峰和山谷，地質肥沃，種旱田都能有百石的收穫，因此引起清國的覬覦並不讓人意外。

他在薪島等多個島嶼上實地進行測量，還作了紀錄。

雖然這些島嶼大部分在《大東輿地圖》上已經繪製出來，但還是首次詳細進行測量，並觀察津渡、橋梁、土山等。這裡是珍貴的我朝疆土，任何一小部分都不容一丁點疏失和遺漏。

就這樣，夏天轉眼過去了。

初秋，正要涉過鴨綠江時卻被官兵逮捕了。

大概義州官府早就掌握消息，知道有個人在此處四處勘察地形繪製地圖。被拘捕的三天中，他被關在守衛邊境的小棚寮，受盡屈辱才獲釋放。若不是那從八品官奉事認出他就是繪製《青邱圖》和《東輿圖》的古山子，可能還得受更大的苦楚。

三天後，他好不容易才搭上一條木船離開。

那木船以威化島為中點站，在鴨綠江上往來。和威化島對望的是權土山，他在《大東輿地圖》上已經標示。一下船他就直接往西奔赴九連城，很久以前他曾到過那裡，他知道再往北一點就是望隅、金石山和細浦，再過去就是安市城。

秋光如同鐵騎豪征般，迅速地擴張著領土。

深秋時分，他已大略勘察了遼東一帶，朝東北方往白頭山西北部前進。肅宗時所立的白頭山界碑就是明確地西以鴨綠江，東以土門江作為與清國的界線界，因此標明「西為鴨綠，東為土門」。

這界碑的位置，他也在《大東輿地圖》上作了標示。

藉此機會，他想好好觀察並記錄白頭山北部一帶和那裡的水文分布情況。在很多輿圖和農圃子的《東國地圖》上，「土門江源」和豆滿江主流區分出來，是從白頭山往東北方向流的水道。這樣一來，土門江就是松花江的上游，而不是豆滿江上游的說法就會成立。事實上白頭山不僅是鴨綠江、豆滿江的發源地，更是松花江發源地的說法是公認的事實，但在我朝一些資料裡還是將土門江看成是豆滿江，也就是說，將土門江認定為豆滿江，並不只是清國一廂情願的看法。

首先，他想親眼確認那一帶的情況。

撇開國境的是是非非不談，那一帶確實有不少我朝的百姓居住著，因此有必要到間島上詳細勘察一番。接著有必要沿鴨綠江東進，到位於豆滿江下游的鹿屯島上去看看。因為這又名沙次亇島或者沙次島的鹿屯島，俄羅斯曾多次提出荒唐離譜的論調。

鹿屯島隸屬咸鏡道慶興府。

位於咸鏡道造山二十里外的鹿屯島是個河川島，南北長七十里，東西寬三十多里，面積不小。世宗時設立六鎮後，就有百姓到這島上開墾定居。這裡土地平坦肥沃，不僅適合種植稻子、稷和高粱、燕麥，鰱魚、鯽魚和鱒魚的捕獲量更是不小。起初人們以春耕秋歸的方式來來去去，後來發展成六鎮，逐漸形成可安居的地區。

間島上秋天來得早，同時也顯得漫長而蕭肅。

沒能選對時機是大失誤，但更大的問題是，明白這失誤時，他已經深入間島內部而無回頭路可走了。離開義州時天氣剛轉涼，到達渾江時則已是寒冬。在從渾江南下時被清國兵卒逮捕搜身，現在想來其實是一點也不意外。繞過西間島，走訪寬甸、通化、渾江後，他判斷若再往東走到白頭山的話可能遭遇困難，因此選擇往南走，卻在我朝疆土鴨綠江已近在咫尺的地方出事了。若不是正值寒冬，斷不會犯上那樣的失誤。

這一路行來，苦楚辛酸無法一言道盡。

在石城和觀州一帶多次差點成為野獸的盤中飧，在穿越杳無人跡的回龍山時，更多次因不堪飢寒之苦而起了輕生的念頭。還曾在通化和渾江一帶，踩破結凍的江面而跌落江裡，最後九死一生撿回一命。

間島有很長一段時間是無人島。

很多時候步行終日也見不著任何民宅，特別是間島地區有大興安嶺等險峻山嶺，還有遼河、松花江等大江環繞其中，往上走易迷失於莽莽深山，往下則盡是濕地，地形上接近不易。加上清國將白頭山推崇為其民族發源地，禁止一般人進入，使得該地區更是人跡罕至。

這條路行來真如進入八寒地獄一樣。

以前聽說過，八寒地獄裡有些地方人的皮膚會凍裂得皮開肉綻，如同盛開的蓮花泛著青綠；有些地方已完全結冰，人倒栽在冰地中，即使掙脫出來也是渾身紅凍僵硬，慘不忍睹。

之所以能忍下這非常人所能忍受的苦痛，為的就是地圖。他的竹杖藏著多張地圖，有鴨綠江下游一帶的地圖，有他冒著生命的危險進入西間島一帶所繪、舉世僅有的詳細地圖初稿。另外，還從越江定居在間島上的我朝百姓手中拿到的幾張上色的地圖。即使丟了性命，這些世上絕無僅有的地圖也得帶出去。

比飢餓更難以忍受的是酷寒。

暴雪寒風日夜頻仍襲來。穿越遼闊的平原地區時，連一處可遮擋強風的樹林、山崗或者山洞都難以覓得。怎麼會忽略嚴冬將至的問題呢？從渾江到白頭山北部一帶不僅人跡全無，連可走的道路也沒有。只要方向稍微有一丁點偏誤，可能就是死路一條，因此他判斷，若要保住一命以期日後能再次勘察間島，那麼避開酷寒嚴冬是上策，所以他從渾江南下到鴨綠江。這一帶臨江流暢其間。

「越過臨江尾端，離我們朝鮮的領土厚州就不遠了吧？」

「那可近了，就在前面。」

在渾江遇見的朝鮮人回答得爽快俐落。很久以前他曾因上山時跌傷，在厚州停留了約兩個月。這一帶居民大多以捕魚和火耕維生，性格豪爽熱情，令他至今難忘。如果記得沒錯的話，在臨江與鴨綠江匯合之處，過了江就是梨坪。從梨坪沿江往東南方向走，半天就可到竹田和羅信洞，過了羅信洞就是厚州。他打算在那裡度過冬天，等春天再進入北間島。

然而他的計畫在臨江之際化成泡影。

清國竟然派了守衛隊守在這裡。日後他才得知，這些守衛隊的任務其實是看守鴨綠江一帶出產的鹿、麝香、山參等自然資源。這也難怪，當時大清國頻頻就國境問題挑起是非，我朝也不想無端惹出事端，因而特別制定越江罪來管理這一帶的進出，清國守衛隊至此地駐守也就不足為奇。怪的是一直在附近仔細測量的他卻對此完全沒有戒心，而梨平不正是通往惠山、滿浦的分道口嗎？他對這依舊沒有一點戒備，一天因餓得慌而進入一間空屋東翻西找，卻被兵卒逮個正著，拖到了軍幕。

「從實招來，你……可是朝鮮派來的密探？」

一個留著金錢鼠尾辮子的軍校開口問。

這人盔帽上的帽遮是圓的，盔頂是紅的，看來是這裡軍幕的領頭。這領頭說話時滿族語和朝鮮語摻雜著用，而侍立兩旁的小卒中有一名操流利的朝鮮語，看來應原是朝鮮人。看出他聽不懂時，這小卒就很快地用朝鮮語為他說明。血緣是騙不了人的，此卒眼神中盡是不忍。而那軍校身材矮胖，肩膀寬闊，兩手積滿又黑又厚的垢，門牙暗黃，眼角盡是眼垢，看來倒更像野獸。他急急地搖手否認。

「那這些都是啥東西？」

「……」

他沒立即作答，肩膀馬上挨了一記木棍。

從包袱中搜出的羅盤針、他自製的測量尺、紙張、筆墨，還有從竹杖中搜出來的許多張地圖初稿，全都四散在地上。肩上挨了一棍，他就像挨了笞刑的青蛙一樣趴倒在地上，因雙手反綁著，一下無法站起來。另外一個佩著環刀侍立在一旁的小卒一把扯起他的髮髻，讓他跪下。肩骨好像脫臼了，但他無法哀叫。配環刀的那小卒看來隨時要砍下他的腦袋似的怒瞪著。

「誰派你來的？」

「……」

「再問一次，什麼人讓你來這裡畫這些的？」

「不……不是的，大人。我住在對江……是賣山參的……」

「混蛋，居然敢信口雌黃……」

配環刀的小卒舉起刀揮過來，刀背掃過肩膀，肩角馬上冒出血來。反正已經餓得只剩下幾根骨頭，只要一擊，很容易就一命嗚呼。他整天滴食未進，腳也凍得腫脹青紫。

沒想到，自己將在這邊界上……被當成密探而命喪黃泉……

他邊掙扎著支起上半身邊想著，不管用出何種理由說明，也不能使這些人相信他繪製西間島詳細地圖的真正目的。軍幕另一頭是結凍的江面，過了江，遠處有座村子依稀模糊的影子。我朝疆土近在咫尺但卻無路可達，感覺上似乎比另外一個世界還更遙遠。若不是因為地圖，就不會遭受這樣的拷問。

接著，佩環刀的小卒唰地一聲，將刀從刀鞘裡抽出來。

「不是密探，不會畫地圖的。」

軍校抽著鼻子，斬釘截鐵地下了判斷。

天空難得非常清明。午後的陽光射透軍幕的隙縫，在環刀的反射下刺得人睜不開眼。他乾脆閉上雙眼。這一生走過的所有道路一瞬間從天地四方冒湧出來，爭著進入他的心頭。順實用睏倦的雙眼望著遠方的模樣也掠過眼前，還有始終不曾轉過身來的惠連師父的背影。

我……是沒有臉的人。

惠連師父最後一句話還震著耳膜。她交代轉交給他的銀髮簪現在已經落入那軍校的口袋，沒了銀髮簪，那麼到了陰間是見不著母親了。呃呵……呃呵，娘！他縱聲大喊。這是他此生落地以來第一次叫出口。跋涉了千山萬水來到這裡，為的究竟是什麼？他的心萬般無奈地碎裂了。

走到這路的終點，等著的是這種方式的死亡嗎？

這些人不是在這裡砍了他的頭，就是把他送到上級官府去，而結果都是一樣。如果業力所及止於此，那麼當然沒有脫離這八寒地獄，抵達人間善果的途徑。但唯一遺憾的是，沒能早點將世上僅有的間島詳細地圖初稿交到別人的手上。

這一生懷抱著的，是什麼樣的夢想？

將控制在朝廷和兩班貴族手中的疆土平均地分給百姓，就如同「朝鮮」兩字的本意一樣，把疆土詳細地標示出來，讓在各地落戶安居的百姓能開創嶄新的生活。如果有正確的地圖分給百姓使用，那父親就不會冤死，他也不用走上風塵之途耗盡一生。不要再有百姓因為對地形水文的無知而困頓流離，他要的，僅僅是這個。

《東史》裡不也早就如此記載嗎？

東史曰　朝鮮音潮汕　因仙水為名
又云鮮明也　地在東表日先明　故曰朝鮮

朝鮮即潮鮮，是取有天子，位於北邊的國家之意，而「鮮明」意指照耀從日出之東到月落之西的整片廣袤大地，讓百姓煥然一新。另外，也指國土在東日出最早，因此是世上最光明的地方。然而，若到現在的一切是自己的天職，則此刻何苦要卑屈地苟求活命呢？

「如果我真是密探……就斬了我吧！」

說完他就把脖子往佩戴環刀的那邊伸過去。

那兵卒身後長長的像老鼠尾巴的辮子垂到他流著血的肩膀上。辮子的尾巴和環刀刀尖沒兩樣。啊，這就是國境。國境，原來就是刀！他心中暗喊。結凍的鴨綠江邊，強風咻咻地掃過枯蘆葦叢，淒慘而悲涼。

他顫抖著，閉上雙眼。

第四章

地圖之淚

今後，想將……風走過的道路，還有時間流逝的道路，都刻劃成我身體裡的地圖。很久以後……化身為古山，那道路就可看見。呃呵，最初我想繪出的，原來就是這樣的地圖。

十字架

吾信其是，故為也。

——承旨南鐘三

正好有兩輛牛車從城門裡出來。

這是昭義門，又稱西小門，送出城的屍體主要都經由這裡。義禁府在鐘路上，牛車大概是從六曹路口往左過武橋，繞過軍器寺前，再經過罐井洞前，最後到了這裡。一路上圍觀的人大概都不少，昭義門四周看熱鬧的更是人山人海。

石砌門上方半圓形的虹霓門顯得特別高聳。陽光耀眼。牛車過城門的那一瞬，八角屋頂簷脊上的鳥兒「噗哧哧」地成群往他家所在的藥峴山崗方向飛去。離家前交代順實千萬別拋頭露面，但還是掛心著。他循著鳥群飛往的方向看去，往家附近一帶望了望。只要站在庭院前就可望見昭義門外的空地。

吵吵嚷嚷的人群這時候突然噤若寒蟬。

牛車上的兩個人可說是慘不忍睹，渾身盡是在義禁府受拷問時留下的傷痕，凶狠的笞刑，加上小腿受創嚴重，全身血跡淋淋地綁在草草做成的十字架上，令人不忍卒睹。更殘忍的是，囚犯不是平躺在囚車上，而是緊緊地捆牢在豎著的十字架上，手臂、腰和膝上牢牢捆上繩索，髮尾吊在十字架頂端，即使已經垂死，頭也無法垂下。十字架上掛著罪名和罪囚的姓名，其中一人是曾有數面之緣的承旨南鐘三。

「把腳上的木板給我抽出來！」

押解牛車的禁府都事高喊。

兵卒們一擁而上，把罪囚危顫顫踏著的木板抽了出來，這樣一來，囚犯幾乎已經散架的身體就無法著地而懸在半空中。因為懸空，身體老是往下掉，捆綁著的部位就更緊束，已經凝結的傷口再度破裂而滲出血來。人群中有人轉過頭去，有人偷偷拭淚，還有人渾身發抖。雖人山人海，但四周鴉雀無聲，彷彿無人之城。罪囚雖因痛苦而張大著嘴，但喉嚨卻發不出聲音。他們已經半死了。

牛車又動了起來。

從昭義門到用來充當刑場的空地，是條滿是石子的陡坡路。牛車急咻咻地壓過石子往下走，圍觀的人不自覺地往後退開。牛車跑得越急，十字架上捆綁著的繩索越是往罪囚的手、腰、膝蓋深陷進去。腳底下沒了踏板，重力更大。承旨南鐘三先昏了過去。猛顛著的十字架反射著白花花的陽光。

首次看到十字架是在驪州大嬸的內房裡。

他在驪州大嬸內房牆上看過這模樣的小十字架。他出遠門時驪州大嬸總是將順實當成親女兒一樣照顧，而驪州大嬸是什麼時候開始接近天主學，他並不清楚，大概是在她那患胃腸病的丈夫因盜砍王室封山裡的樹，被處杖刑而死於杖毒之後不久吧。她那患有胃腸病的丈夫不知聽誰說枳椇樹可治胃腸病，就進山砍了捆枳椇樹枝，背下山時被捕卒逮捕。有胃腸病的人怎麼能挨得過殘酷的笞刑呢，結果杖毒當然蔓延到全身。

失去丈夫的驪州大嬸，哀痛無以言表。

天父之子耶穌被釘在十字架上，死了又復活，所以說是王中之王。除了耶穌之外，天下眾生沒有上下、貴賤之分，一律平等。並且，只要信仰耶穌，死了之後可赴天國獲得永生。這些都是從驪州大嬸那聽來的，她還給過順實一個十字架，但被他硬是退還了。

牛車就要到達行刑的空地了。

兵卒們一擁而上，七手八腳地解開罪犯身上的繩索，已經昏死過去的罪囚就滾落到石子地上了。那一剎那，承旨南鐘三的眼睛睜了一下，隨即又合上。南鐘三向來氣度凜凜，眼神炯亮，然而現在簡直像是條沾滿了血的抹布。接下來，兵卒們剝光罪囚的衣服，只留底褲，兩手反綁，接著像綁死豬一樣，用長木棍穿過兩腋，還在兩耳插上箭矢。箭矢插上時，他看到承旨南鐘三渾身發抖。他的嘴已經乾到像乾旱的田，隨時會裂開似的。接著，一個兵卒向前一步，往罪囚臉上潑水，然後撒上石灰，陽光下石灰冒起白色泡沫。石灰進入眼睛，眼球就會灼燒起來。

接下來是示眾遊行。

兵卒挑起穿過罪犯反綁的兩手臂中間的長木棍，繞空地一周，讓圍觀人群可近看。承旨南鐘三在前，另一個緊跟在後，看來簡直就和捆綁畜生沒兩樣，渾身血跡昏死過去的罪囚身體在石地上拖曳著。

握刀的劊子手手舞足蹈地舞著刀。

劊子手將嘴裡含著的濁米酒往刀鋒上一噴，瞬間畫出一道彩虹，隨即又消逝不見。和承旨南鐘三一樣，另一個就要處死刑的罪囚洪鳳周也是兩班貴族。承旨南鐘三在二十二歲時進士及第，曾任忠州牧使，不久之前還是承政院的承旨。身為兩班貴族，卻主張人不應區分身分貴賤，若不是抱這樣的夢想，當然能豐衣足食地過好日子，根本不會死得這麼悲慘。

承旨南鐘三究竟夢想些什麼呢？

他自己的夢想是將地圖分享給百姓，這只能算是超越身分貴賤的一種期待罷了，而承旨南鐘三所夢想的世界，該是更遼闊無邊，某種永生不滅的世界吧。若非有遠大的夢想，血肉之軀如何能承受這樣的屈辱和痛苦呢？

此時，罪囚繞完空地一圈，被拉到劊子手面前。

斬首用的斬臺整齊地排放著。

等著罪犯的頭一落在斬臺上，劊子手就會揮刀斬下。兵卒們一解下罪犯腋下的木棍，罪犯馬上跌落地上。罪犯掙扎幾下後，突然直起腰來。罪犯的膝蓋應已碎裂不全，居然能在盡是沙礫的地上挺起上半身，這實在太讓人驚異了。原本昏過去的兩個罪犯此時都醒了過來，特別是承旨南鐘三，用碎裂的膝蓋立在沙礫地上後，頭和肩膀，還有背在瞬間垂直地立了起來，幾乎和平常的姿態一樣端正。慘烈的陽光直直射在他們撒滿石灰的臉上，眼球皆已燒焦而無法目視，但他們的眼睛似乎在一瞬間瞪大，不，或許那只是他的錯覺。他感覺到承旨南鐘三睜大的眼睛一一掃過四周圍觀的人群，他全身一陣顫慄。

「行……刑！」

宣讀完罪名，捕頭的袖子揚起，遮住了陽光。

兵卒們舉起罪犯兩腋下拔出的木棍，抽打罪犯流著血的肩膀。像截斷的木塊般趴著的南鐘三，脖子拉得老長，筆直的落在斬臺上。劊子手舞著刀，作出要揮刀斬下的姿態。

此時，後面不遠處傳來低低的哭喊聲。

人們似乎在試著扶起一個昏厥過去的女人。劊子手根本不理會這些，只管舞著刀，將口含著的濁米酒往磨得爽利的刀鋒上噴。陽光射穿飛散的濁米酒泡沫，折射出扇面大小的彩虹。

啊！順實……

他踉踉蹌蹌地從人群隙縫中擠出來，因為他這才突然明白過來，剛才瞥見的那昏倒的女子好像是順實。

華角櫝

多年經營只成空
過往今來皆若然
今歲埋骨寒雪中
來年春來吾何干
——柳成龍，《懲毖錄》

「大哥，您怎麼來啦？」

「跟我走……得去一個地方！」

麻浦渡口最北端，在一個專門製造引航船和小型捕魚船的造船所裡，石頭正在刨著木料，沒能空出手，就舉起拿著鉋子的手用手背拭汗。幾年不見了，石頭髮上也染上霜白，他手上刨著的是用來做船底的衫板。

「現在哪？」

「嗯，快，一刻也拖不得。」

「大哥也真是……手上的事還沒做完呢，去哪啊？」

「順實的命保不住了！」

沒頭沒尾的，他答得古怪。

要想趕在今天出城，就得趕緊行動。這樣的情勢下，留在城裡哪個地方都難保安全。石頭這才察覺到情況不妙，隨即整理行裝跟著出發。石頭去年剛喪妻，兩個兒子已經大到能在父親工作的造船場裡幫忙做事。他打算讓石頭將順實送到妙虛在楊州牧的房子那裡。順實親眼看見承旨南鐘三和洪鳳周在昭義門前首級落地的場面，現在心神還非常不穩定。

「大哥帶她去才好，我不太認路……」

「我得去見備邊司的副提調大人。」

「這時候還見什麼……」

「有事要見的，之前慎重約好的，不去的話可能會生出是非。腳程快的話，天黑前可到楊州。」

「有人願意借出房子哪？」

「以前順實待過半年的地方。」

「現在哪，誰要匿藏天主教徒的話就會被砍頭的。」

石頭的話沒說完，大概也聽到承旨南鐘三被斬首的消息。不只是南鐘三和洪鳳周，聽說今天刑場上又有四名傳教士被砍頭。京城裡盛傳，朝廷要藉這個機會逮捕所有天主教信徒，而且一律砍頭。

興宣大院君非常的可怕。

沉迷於酒色而將大權完全交給安東金氏的哲宗在三年前的冬天，即癸亥年（一八六三）年冬駕崩，隨即登基的是興宣大院君年幼的二兒子李命福，是為高宗。也就是說，宮中最高的尊長，豐壤趙氏神貞王后垂簾聽政，事實上大權當然落到高宗的父親興宣大院君手中。當時正值東學首領崔濟愚等人遭斬首，也正在那年冬天，朝廷以改革為名撤廢了書院。哲宗那專橫高傲的岳父金汶根死後，安東金氏一族的勢力有半數移轉到興宣大院君手中。而懿選興宣大院君之子為高宗的神貞王后是怎麼樣的人呢？她正是己亥年（一八三九）發動迫害天主教，殺害無以計數的天主教徒的大魔頭敦寧府領事趙萬永之女。傳聞死於己亥年的天主教徒有數百名，而此次遭迫害慘死的天主教徒可能有十倍，甚至上百倍。啊，真是危機四伏啊。

「啊……爹……」

正等著他的順實一邊悲慘地哭喊，一邊朝他跌跌撞撞地跑過來。雖是三月，但春寒料峭，寒氣逼人。順實搖晃了一下跌坐在地上，大概因為驚嚇過度而失了神，她臉色慘綠，手腳發抖。

「那……那邊……爹，那邊……」

一起來的石頭抱起順實，但她驚嚇得魂飛魄散，用顫抖得似白楊樹樹葉般的手抖抖擻擻地指往昭義門，他順著順實的手勢轉頭一看，心直直地往下沉。

驪州大嬸正被拖著往外走。

藥草田間結凍的小徑在陽光的照耀下變得泥濘不堪。官衙的搜捕竟然進行得如此之快，一個捕頭，四五個捕快。被捆住的驪州大嬸似乎已經心有定見，雖被拖著走，神情卻光明磊落。棲息在藥草田的山雀們聲色壯大地飛越萬里峴，在彌漫著暖春地氣的空氣裡，鳥雀們的影子有些依稀模糊，但其實距離並不遠，放聲一叫牠們似乎能馬上飛回來似的。平時經常進出驪州大嬸家的人們朝著驪州大嬸呼喊著「莫尼加」，是洗禮名吧，在這村子裡取了西洋名字的只有驪州大嬸一個人。不一會兒，驪州大嬸就要在殘酷的杖刑下四肢易位，並且，很快的，所有和驪州大嬸有往來的人也都將在拷問下一一被逼供出來。

「振作起來，得趕快整理行李！」

他拉起順實的手。

抓在手中的手跟石塊一樣粗糲。這孩子多年來跟在埋首製作《大東輿地圖》的父親身邊，日夜不得休息，不只是做飯洗衣，連在佃來的那塊旱田裡種植藥草也歸順實。不止是這些生活雜務，到了晚上，順實還幫著父親擦拭木版，用松樹燒出的煙子混上阿膠做成松煙墨，有時還幫著做版木、雕刻，深夜不休。對一個原本就肢體不便的孩子來說，這實在是殘忍至極的超重負荷。

「我……哪兒也不……不去，爹！」

精神恍惚的順實突然固執起來。

「不走不行，石頭叔叔帶你走。事情辦完爹馬上趕過去，都城裡不能待了！」

「啊，爹……」

「還不聽話，這丫頭！」

他狠狠地在順實臉上甩了一個耳光。

驪州大嬸和捕卒們進昭義門的背影模糊可見。太陽露臉了，但不知怎地，都城裡霧還沒散。和職掌備邊司職務的金成日約好見面的未時已近。此人就是《大東輿地圖》木版本剛完成的辛酉年（一八六一）因盜伐椴樹一事見過的那個金成日，算來那已是五年前的事了。椴樹山林的山主，同時是備邊司郎廳的金成日那時坐在木廊臺上誇誇其談的的神情歷歷在目，拿鄭喆祚和黃燁依據經緯線表所繪的《八道分帖圖》來和《大東輿地圖》比較，盛讚後者優點的聲音也似在耳畔。雖然以惡緣起始，但金成日批評地圖眼界之高讓他印象深刻。而此次金成日來訪，已經是第三回了。前年《大東輿地圖》木版本重刊時是第二回，今天是第三回。每次來，金成日總腳踏那雙鹿皮靴，那靴子端正雅致的背影總吸引著他的視線。現在金成日的品階已晉升到正五品通德郎。隸屬兵曹的金成日還依舊掌管著備邊司，光從這一點就可知其背後靠山勢力之大。而昨天早上金成日突如其來地來訪，說備邊司副提調大人要找他談談《大東輿地圖》的活用方案。金成日那暗示著將有好結果的笑容掠過眼前。副提調乃是備邊司實際上的首長，是正三品堂上官。

他隨即踏出藥峴家門。

用木棍鎖上柴門，一抬頭，半掩在霧裡的昭義門就在前面。順實似乎明白有一段時間不能回來因而忍不住哭出聲來。圍觀的人群已經四散，昭義門前的空地鴉雀無聲，氣氛詭異。南鐘三和洪鳳周被斬下的首級應該被懸在撐竿上示眾，但因霧濃而看不清楚。他催促石頭和順實，過尾洞，再過京橋，轉進敦義門。

能信得過，放心求助的人只有妙虛崔瑆煥。

六曹街就在眼前了，義禁府隨之也進入眼簾。大概是連著好幾個人被梟首示眾的緣故，街道上意外地非常冷清。他故意避過義禁府，繞到壽進洞後面的小道，往紙店集中的巷道走，妙虛的書鋪就在那。妙虛正在店前檢視客人訂製的書裝訂的情況，見到他來很高興地迎了上來。

「哎呀，大哥，好久沒見，順實也來啦！」

「詳情以後再詳敘，現在局勢緊迫，順實還得送到你楊州的房子去住上……」
「這……可如何是好？」
妙虛臉上馬上露出難色，微張著嘴。
他的心再次下沉。難道說連妙虛也要背棄我嗎？仔細一想，少說也有數個月沒和妙虛這樣面對面了。在將《大東輿地圖》大幅縮小，製成《大東輿地全圖》的工作完成之前，也就是在去年春天之前，他幾乎踩平了妙虛的門檻。那之後，因為要完成《大東地誌》最後部分，他幾乎都留在藥峴村，沒能來此。
《大東輿地全圖》可說完全是妙虛一人的點子。
《大東輿地全圖》的作業在剛完成《大東輿地圖》木版本後便著手進行。任何事妙虛都能很快想出點子，並且一動手不見成果就不甘休。即使《大東輿地圖》是分帖摺疊式便於攜帶，但全部攤開就有二十多尺，摺疊起來更是厚厚一整本，對必須輕裝上路的人來說，不能不說是一項負擔，因此妙虛建議將《大東輿地圖》縮成一張能簡便攜帶的木版本全圖。兩人一起在去年春天版刻完成的這張《大東輿地全圖》，長僅三尺餘，走在路上隨時可攤開來，朝鮮的疆土皆一目了然。雖然有些缺失，如省略掉一部分地名，也沒有畫出直線在每十里上標點出距離，只用數字來替代等等，但最大的長處在攜帶極度簡便。金成日言談中暗示來見副提調大人時最好能帶著《大東輿地全圖》木版，大概也是因為這個緣故。

「怎麼了，妙盧？」

「我大概沒跟您說過吧。關於楊州那房子。去年我讓給別人了。曾任議政府參贊的一位大人想到楊州定居，一直追著我問有沒有恰當的房子，所以就……」

「哦，有這回事……」

「我晚年想到忠清道清原去住，一來本家在忠州，加上那裡山明水秀……」

「那麼，在我找到能安置順實這孩子的地方之前……就是說，只要幾天，讓順實留你宅裡的下屋……不行嗎？你…也知道，局勢太險了……這請求…太過意不去了……」

他突然結結巴巴，無法把話說清楚。

遭妙盧拒絕真是太意外了。雖然也想到過惠岡，但這樣的局勢下沒辦法帶著順實去見惠岡。從交情來看，他和惠岡的交情顯然深過妙盧，但惠岡終究是兩班貴族，家世太過顯赫，而妙盧畢竟和他一樣是中人身分。

逮捕天主教徒並處死的事，並不單純。

說來己亥年的迫害其實也就是當時掌握大權的時派——安東金氏和非主流派的僻派——豐壤趙氏之間的朋黨派爭引發的，這回的事件看來也不單純。雖然傳聞說是俄羅斯派遣軍隊逼進元山浦要求通商而引發爭端，事實上這中間免不了有朋黨勢力的介入。如此局面下，即使是數十年的管鮑之交，也無法超越身分上的貴賤之別，兩班貴族和平民之間的友情只有天下太平時才說得通，基礎其實脆弱如玻璃。即使徑直找上惠岡，也只會讓惠岡為難。

「哎，大哥！」

妙虛的聲音聽來有些尷尬做作。

「我家裡，其實也沒剩下空房間，我看嘛，石頭現在不住在麻浦渡口嗎？那邊反而更可以避開捕卒們的注意，順實也沒犯什麼大罪，就是說，我那……就在四大門裡，惠民署、掌樂院就在附近……」

「我知道了！」

他用低沉而不悅的嗓音截斷妙虛的話。

妙虛異於平常的口氣和推拖的態度讓他無法釋懷。說來也不能怪妙虛，這可不是捕捉竊賊，杖打一頓就了事的罪名。將釘死在十字架上的耶穌推崇為王中之王，罪名可是不容饒恕的叛逆罪。官衙已經宣布，藏匿天主教信徒的人也將被處死，若一廂情願地怪罪妙虛沒有人情也說不過去。

說著說著，未時已過。

就在一兩天內，驪州大孀就會在拷問下供出口供，也許不至於供出順實的名字。即使沒有適當的去處，先帶著順實暫時離開都城雖不失為好辦法，但最好能照約定和金成日見上一面，藉此機會和掌握大權的安東金氏成員金成日搭上關係不是壞事。也就是說，雖然豐壤趙氏已經逐漸掌握大權，但朝廷各部門裡依然由金氏一族掌握著實權。順實只是單純地有所牽涉，那麼一來有從一品判義禁府事威堂，還有今天要見的金成日更是還握有部分實權的安東金氏成員之一，有這兩條線，即使順實被逮捕了，至少保住一命不成問題。

「那就這樣辦吧，石頭，你先帶順實回去。」

「大哥不一起走？」

「我見完該見的人，隨後就跟去。」

順實似乎隨時都要昏倒似的。

看著順實跟著石頭循來時路往回走的背影，心頭揪得發痛。南海尾端石窟中惠連師父似夢似真的背影和順實的背影在眼前交疊起來，模糊地在眼前閃現。居士所認識的惠連師父已經不在了。惠連師父那為了掩飾胸中劇烈起伏的情緒而咬字清晰，一字一字說的冷冷聲音現在還在耳際，還有那深夜從石窟中流洩出來、似低沉笛聲的飲泣聲也還依稀可聞。

「進來一起喝杯茶再走吧。」

有些難為情的妙虛拉住他的袖子。

「我有約在身。對了，我想帶走《大東輿地全圖》的木版。」

「您是說⋯大東⋯⋯輿地全圖？」

「大東輿地⋯⋯全圖是你我合作完成的，現在我要帶走也許你會有些不是滋味，但已經印了數十張了，木版我用一下不成嗎？」

「大哥打算要帶到哪？」

「其實是備邊司副提調要見我。幾年前石頭因盜伐椴樹問題被漢城府逮走時，找上我那的那個備邊司郎廳，還記得吧？」

「金成日，是他……」

「這人現在已是正五品了。昨天來找過我。雖然是因惡緣相識，但當朝大臣中能懂得我地圖的價值的，可能只有金成日一人了。昨天來的時候說想看看《大東輿地全圖》的木版，還提到會有好事的。」

「這金成日的父親以前曾任過刑曹參判，聽說和現在備邊司副提調是同路的，備邊司當然還握在金氏一族手上……只是，這些人可以信得過嗎？」

「有什麼信不過的？」

「這家族一向惡名昭彰，所以我才這樣問，特別是金成日那個曾任刑曹參判的父親更是……」

「不會有事的。我只不過是個畫地圖的罷了，現在情況和以前也不同，《大東輿地圖》木版本是我古山子繪製的事實已是天下皆知，就說《大東輿地全圖》吧，現在外面木版本已經到處都是，他們還能放什麼冷箭傷害我？」

「不用多說了，妙虛。你的立場我能理解，換成我，也許也會這麼做的，不怪你。」

「話雖這麼說，大哥……」

「我不是這個意思，我是說，對那一家族不能不……」

「我不是說過了嗎，不怪你！」

也許是他說得太絕情冷淡，妙虛幾乎無話可答。數十年以知己相待，現在妙虛只顧一己安危的心態讓他心中慘然。不管妙虛說什麼，此刻他都無法聽進去。再說金成日應該還記得順實曾接近過天主教，當時就是在他巧妙的脅迫下，才送順實到楊州避禍。現在，雖說世道已變，但違背安東金氏成員金成日的話，也可能是自己往火坑裡跳。加上此刻他心理上對妙虛多少有了嫌隙，若不是因為心情錯綜複雜，也許兩人可以談得更深入，但眼前，不管說什麼，都僅是加深誤會罷了。

一架載著行李的牛車開進來。

原本以為牛車只是路過，那牛車卻在妙虛的書鋪前停了下來，臉色黝黑的車夫下來給妙虛跪拜了一下，然後就揭開牛車上的罩布。妙虛呼叫後面工房裡的人，看來這車上的東西是妙虛的沒錯。

赫，這不是華角櫃嗎？

無意中看了一眼，他睜大眼睛。

午後陽光照射下的華角櫃可說是精緻絕倫。一瞬間，四層櫃的全貌就呈現眼前，頓時整個巷子變得光彩耀眼。所謂華角就是將高度透明的牛角削成薄片，精心製作成角紙，在背面畫上色彩鮮豔的圖案，然後貼在木板上，比螺鈿漆器更精緻工整。只選用黃牛的初角，削成透明薄片，背面用石彩繪出圖案，然後用明太魚、阿膠和魚膠熬煮成膠，用來將圖片一一貼上，最後用鯊魚皮仔細磨出光澤，所有步驟都要耗費無數的精力和時間。要想製作出這樣的華角櫃，再傑出的工匠也得花上整整半年的時間。這華角櫃如陽光般燦爛，似黃金般耀眼的金黃色澤構成主調，四旁點綴的花鳥圖更是精美絕倫。用一句話形容，簡直就是精美絕倫的世間絕品。

「內人很久以前就想要的……」

妙虛搔著後腦勺，有些羞愧地解釋道。

回頭一看，順實已經走出巷子，不見蹤影。擔心這孩子能不能撐著走到麻浦渡口，他的心直往下沉。為什麼這世上陰影如此黑暗，光線又如此耀眼呢？他用沉重的眼神望著剛從牛車搬下的四層華角櫃，華角櫃反射出最耀眼的光芒。陽光射穿華角櫃，裡面的花鳥好像甦醒過來似的，牡丹花瞬間變幻著姿態，鳳凰的雙翅更高高舉起，彷彿隨時都要展翅破空而去似的。妙虛不再是以前的妙虛，他鼻頭一酸，用一句話封住妙虛的嘴：「對你來說……天下真是太平盛世哪。」

長煙袋

若余所望則有之，
使通一國而為兩班，
即通一國而無兩班矣。
——丁若鏞，《湯論》

金成日為什麼讓他到私宅相見呢？

從妙慮那裡硬是帶出來的《大東輿地全圖》木版原來分成三片，為了方便大量印刷而拼合成一整片，隙縫用摻和木屑的阿膠填平，成了寬不到四尺，長不及三尺的木版，木料用的是檀木。通往安國坊的街道整潔乾淨，人跡稀少。一眼望過去，樸雅整齊的矮石牆，間或可見的高柱大門，還有瓦屋上的飛簷，融合成一幅壯麗無比的畫面。從安國坊到嘉會坊，一路上盡是高官大爵的宅府。

走了好半晌，他停下腳步。

眼前的高柱大門裡邊有棵高大的梧桐樹，枝繁葉茂得幾乎掩蓋住正屋的屋脊。沒錯，這應該就是通德郎金成日所說的那棵位在自宅裡的梧桐樹。金成日說，高齡的父親也想見見繪製《大東輿地圖》的古山子，所以才讓他來私宅相見，然而在私宅見備邊司副提調，心裡還是有些不自在。不過金成日提到自己和副提調大人是重堂兄弟，應該住得不遠。

大門隨即開了，就像等著他似的。

他背著背架，在管家的引路下進入高柱大門，走到下屋的院子。光看下屋規模，就可知道這是座宗親貴族居住的大宅邸，房間約莫有六十來間。穿過下屋院子再經過中門，就是堂屋院子了。沿著矮石牆邊種著幾棵紅楠，樹之間擺著幾座石函。

豪放的笑聲響遍空蕩蕩的大廳木廊臺。

石階上擺著不少鞋，看來大概有五六個人在裡面。是黃銅煙灰缸吧，裡面傳來磕煙桿的聲音，還隱約摻雜著茶杯碰撞的細微聲響。看來是金成日曾任參判的父親正與家族一起喝著茶。他的來到，管家已經通報，但堂屋的門卻毫無動靜。

他卸下背架，呆立在院子正中央。

過了好一會兒門依舊文風不動。

氣氛顯然有些不對。將可憐的順實託給石頭，一個人來此赴約，為的可不是受這樣的冷落。他使勁咬緊下唇，怒目圓睜地仰視著木廊臺。連接著堂屋的大廳木廊臺，上方頂棚露出的椽子乾淨俐落，下面的井字廊板擦得油亮光鮮，懸起的窗戶也端整高雅。比起一般的宅院，這裡的土廊臺較高，廳堂也更雍容飽滿。仰頭望著空無一人的木廊臺，竟無端覺得脖子有些蜷縮。

不祥的預感果然應驗。

好一會之後，堂屋裡有五個人走到大廳木廊臺上。

右邊坐著的一定就是前任刑曹參判，金成日的父親了。看來已相當老邁，是在攙扶下走出木廊臺的。參判坐定，手臂放在方几上，斜倚著金黃色靠墊，坐姿比想像中端正，還讓人莫名地感覺到有股凌厲的氣勢。管家提著一個白銅火爐進來擺在旁邊，那火爐比在楊州妙虛那裡看到的更大更精緻。

左手邊隔著一點距離坐著的是備邊司副提調大人。

備邊司和議政府在去年春天合併為一，原因是興宣大院君認為備邊司的權力有必要縮小。雖則如此，至今掌握在金氏一族手中的備邊司權勢依舊，所以即使已歸併到議政府，人們依舊尊其為備邊司副提調大人。他後來才知道，現在坐在木廊臺上的備邊司副提調大人和當時的知中樞府事，後來晉升為領議政的金炳學是堂兄弟。也就是說，現在高坐在木廊臺上俯視著他的，都是安東金氏掌門人金左根的族人，這些人想怎麼樣處置像他這樣一個身分卑下的地圖匠，簡直是易如反掌。坐中大概只有副提調是直接從官府過來，身上還穿著官服。和金成日一同侍立一旁的年輕人看來是金成日之弟，侍立在前任刑曹參判旁邊的大概是義禁府都使，這是副提調大人質問他時說的，自然不會有錯。

「你就是繪製《大東輿地圖》的金正浩？」

「是。小民就是繪製《大東輿地圖》的金正浩。」

片刻之後，副提調大人發問，他則應答。

「背著的是什麼來著？」

「是用《大東輿地圖》縮小成的《大東輿地全圖》。通德郎大人命我帶來。」

「做這地圖目的何在？」

「……」

他弄不懂問話的真意，只愣愣地仰頭望著木廊臺。

雖是副提調在問話，但前任刑曹參判、金成日的父親更讓他分神。正坐在木廊臺的刑曹參判體態肥大，斜倚在靠墊上，身體往後傾，從院子望上去，那雙層下巴就像座小丘陵。參判嘴巴裡含著一根長煙袋，眼睛看不出是閉是合。即使如此，看得出來木廊臺上所有人是以此人為中心。

「為何不答話？」

副提調的聲音尖利而刺耳。

「這……是這樣的，我……」

「你這無知小民做什麼《大東輿地圖》木版，之前還私自砍了參判大人山上的椴樹，這些我早就有所聞，光這點就罪不可赦，現在敢再編造謊言的話，你今天就別想出這大門。本來要令義禁府逮捕你來拷問，但因事關機密，為了先弄清楚來龍去脈，今天傳喚你來此，對你算是天大的幸運。再問你一次，你繪製《大東輿地圖》，還做了《大東輿地全圖》木版本，究竟目的何在？」

「敢回大人，小民沒有特別的目的。」

「沒有目的？地圖專屬朝廷，你的身分是低賤的中人，製作了地圖還分發給市井百姓，竟然敢說沒有特別的目的？」

「是的，大人，小民沒有別的目的。只是，低賤的百姓也和兩班貴族一樣，要改善生計，就需要正確的地圖。我的目的，就僅僅是想幫助百姓……」

「呵呵，大膽！果然放肆。你的意思是說朝廷不發下地圖，阻礙了百姓的生計？」

「不敢。小民不是此意，大人。這究竟……是什麼回事，小人實在不明白。小人已經向通德郎大人詳細稟報過。大人，通德郎大人！求您開口，您不是告訴我有好事才讓我來的嗎？」

「……」

金成日不語，故意轉頭望著別處。

從未見過的表情。日頭西斜，矮石牆的影子，幾乎拉長到堂屋院子。他跪著，膝蓋痠痛不已。雖是初春時節了，晚上還有時結冰，這樣跪著超過二刻，膝窩當然發麻發痠。

「看來這小子不吃苦頭不肯招，給我打！」

副提調大人的聲音變得更尖利了。

隨即棍棒齊下，一棍打在背上，一棍打在大腿上，簡直是飛來橫禍。他應聲倒地，放聲哀號。執木棍的傢伙個子高大，那木棍和衙門裡用杖打罪囚的笞杖類似，另一個掌刑杖的傢伙也是虎背熊腰。刑杖是衙門裡用來拷問罪犯時用的，這裡下人拿的竟然不是一般木棍，而是真正的刑杖，實在令人驚異。在官吏私宅動私刑，竟然連刑杖都備妥，那麼很可能連腳鏈木枷都備齊了。妙虛說「金氏一門惡名昭彰」的聲音突然在耳邊響起。雖不知他們所為何來，但他顯然是陷入陷阱。挨了棍打的腿和背，似乎已經斷成兩截。

「在這裡，連鳥都不敢大聲叫。」

副提調大人的下一句話，更讓人不知如何辯駁。

「挨幾棍就忍不住大呼小叫，果然是輕妄之徒。再敢出聲就壓斷你的小腿脛！」

「是！大…大鑑大人……」

「《大東輿地圖》，還有《大東輿地全圖》木版本，都給了誰，快招！」

「大人的意思是……」

「是不是也給了清國的人？」

「啊！絕對沒有。大鑑大人！」

清國的人？他一驚，馬上挺起上半身。

暮色開始籠罩。這就是陷阱嗎？飛棍應聲而下，這回落在小腿上，小脛骨似乎碎裂了，他就像挨了笞杖似地往前傾倒。看來這些人設計好要誣陷他，說他偷偷把地圖賣給清國，這是叛國賣國罪，這樣一來，就是一刀砍下他的頭，朝鮮境內不會有任何一個人同情他。

這黨人設計好的圈套周詳且駭人。

握刑杖的粗暴地一把攉起他的後脖頸，將他拖了起來。實在令人毛骨聳然啊，看來今天不會只是私刑。安排義禁府都使來陪席，暗示了今天不會僅僅是私底下的訓斥而已。

鏜，鏜，鏜鏜鏜……

冷硬的鐵器響遍大廳木廊臺。

副提調大人很快地望向倚著背墊的前任刑曹參判，金成日和義禁府都使也快速地用眼角瞟了一眼參判大人的表情。然而，參判大人裝作不知情，一味地握著煙桿，神經質地往黃銅煙灰缸裡磕了又磕，顯然這局面並不合參判大人的心意。實際審問的雖是副提調，但實際上顯然是參判大人掌握著全域。仔細一看，這個得靠別人攙扶的老人其實臉孔還白晰而飽滿，似乎在六曹街道還是哪見過，他模糊地感覺到。

「小，小民……」

為了活命，他終於低低地伏下頭來。

「小民從年輕時開始……就為了朝鮮百姓一直繪製地圖。小民繪製了《青邱圖》和《東輿圖》，還，還有漢陽的詳細地圖《首善全圖》。說我把地圖交給清國，這真是從何說起。大鑑大人，清國那邊我不認識任何人……」

他的話再度被磕煙灰的聲音截斷。

那煙桿特別的長，在五洲居士的《五洲衍文長箋散稿》裡記載著這種東來烏竹製成的珍品。煙桿一動，就閃閃地反射出火爐的火光，應是飾上金，還雕上紋飾。長長的煙桿不時地敲打著煙灰缸，發出尖銳的聲音，將他的話給吞沒。那一聲又一聲的「鐺鐺鐺」，分明暗示著厭煩。果然，磕煙桿的聲音未歇，副提調大人就出聲了。

「大膽，來人哪，給我綁起來，就綁在木版上。」

「大鑑大人……」

「不快動手，遲疑什麼？」

副提調大人語調裡散發出一股淩厲的氣勢。

管家用火鉗將剛拿進來的木炭夾進參判旁的黃銅火爐裡。是個三足火爐，看來簡單俐落，新的木炭火竄上來，發出畢剝畢剝的聲音，火竄得旺，火紅一片。

《大東輿地全圖》木版長度和他的上半身等長。

先將木版壓在背上，雙手反綁，再用繩索將腰到胸緊緊地捆在木版上。木版太寬，雙手無法緊拉，就在手腕上捆上繩子，是很牢靠的麻繩。這木版兩尺多寬，穿過下腋的木版當然深深陷入手臂內側。奉獻了一生所繪製的地圖木版，看來最終將成為他棺材底的七星版。鐺，鐺，鐺，磕煙灰的聲音再度傳來，木棍也應聲落在小脛上。他身體往前一傾，好不容易才彎膝跪坐下來，背上緊緊捆上的木版就直直地壓在後腳跟上。

「再問一次，可見過清國的人？」

「絕對……沒有……」

「真的沒有？」

「真的，真的沒有見過，大鑑大人。」

木棍絲毫沒有預警地落在大腿上。

大腿開始滲出血水來，他明確地感覺到。此時，薄暮轉黑，下人們執著火把侍立在一旁，管家則點上大廳木廊臺的燈籠。梧桐樹上幾隻鳥噗哧噗哧地越過他頭頂上方，往堂屋上的飛簷飛過去。

「何時去清國的？」

「沒，沒有，小民從沒去過清國！」

「呵，看來你這小子還犯糊塗，來人啊，給我重重地打，打到腦袋清醒過來！」

左右兩邊兩個傢伙手上的木棍這回如雨點般直落在大腿上。

他哀嚎著，大腿陡然直立了一下，隨即又往前傾倒下去。雙手反捆在厚重的木版上，一往前傾，臉就直接撞上泥地，泥沙嗆進嘴鼻。眼皮大約是撕裂了，鮮血直淌，但木版寬超過兩尺，即使掙扎也無法翻身。他就這樣趴著，掙扎了一番，最後奮力將頭一抬，好不容易用下頦頂住地面。鮮血經由太陽穴流淌到頂在地面的下頦。

「你去過清國的事實早已在我們掌握之中……」

「那，那裡……不是清……清國……想起來了。我去的是……是間島，好多年前去過……」

「聽你的話的意思，是說間島不隸屬清國？」

「那麼廣大的間島……難道全……全部是清國的嗎？」

「……」

副提調臉上明顯地閃過一絲驚慌的神色。

「再說……」

既已出口，索性就更進一步詢問。

「照這道理，那麼對馬島該屬誰？還有倭人動不動就招惹事端的于……于山國又該如何？……那些地方都隸屬倭寇嗎？」

「那你的意思是，間島和對馬島都是朝鮮的？」

「哎呀！大鑑大人。低賤的草民只不過是個就要在大人私刑下送命的小小地圖匠而已。容小民斗膽直言……備邊司雖和議政府合併了，但是備邊司仍舊掌管著國境等有關疆土防衛和安全等軍國要務，這些是兵曹無法單獨決定的，也就是說備邊司是朝鮮最高的文武合議機構。副提調大人是備邊司首腦，如此重要的問題怎能問小民呢？」

「呵，放肆！」

這回出聲的不是副提調，而是義禁府都使。

副提調大約感覺到此問題敏感且事關重大，喚通德郎金成日到一旁低語。副提調說的這義禁府都使，看來還年輕，身材魁梧，眼睛清亮，雖然表情有些倨傲，但目光炯炯，看來是個有主見有信念的人。

「大膽，竟敢挑大人的不是！」

「啊！不敢，小民不敢。小民繪製地圖……能做的僅是依照朝廷所定的正確國境來繪製，小人始終嚴守這準則。間島也好，對馬島也好，它們究竟是不是我們朝鮮的土地，我不敢置喙，即使我有看法，也不過是我個人的看法罷了。我只是想請大鑑大人告示，間島和對馬島究竟是我們的，還是倭賊的？」

「真是如此？」

「是的。只是，繪製地圖時……很多時候實在無所適從。不僅高官如此，即使像兵曹和備邊司裡處理國境問題的官吏們也都……不願對這些棘手的問題提出明確的答案。如此情況下繪製地圖當然困難重重。」

「明確的答案？國境問題豈有明確的答案？」

「我見過很多官吏，私下都主張間島和對馬島隸屬我們朝鮮，但要正式確認時就開始支支吾吾，語焉不詳。小民今天抱著必死的決心，斗膽進言，像這樣的情況何止間島和對馬島呢？鴨綠江尾的薪島，清國人主張是他們的；豆滿江尾的鹿屯島則有俄羅斯人想強占。事實上這些島分明是我們的，但小民還沒見過有官員能斷然駁斥這些強說之詞。雖說不想惹出事端是人之常情，但假若身居要職的高官不敢堅持自己的信念，一味地採取守勢，那無知的百姓該何所適從，像我這樣的地圖匠又該拿什麼基準來劃分國界呢？」

「……」

「俄羅斯甚至膽敢脅迫朝鮮交出元山浦也是因為這……」

「放肆！」

副提調耳語交談結束，臉上怒氣上衝，厲聲喝止。

副提調顯然自覺自身的權威受到威脅，但顯然為了要顯現威嚴而強忍住憤怒。他提及敏感的俄羅斯問題雖非有意，但在順實涉天主教案而小命難保的危險時刻，怎麼說也有些逾越了本分。副提調不斷地乾咳，頭上官帽的帽沿搖晃得厲害。

天主教受迫害，其問題的根源來自俄羅斯。

早在數千年前，俄羅斯軍隊就藉各種名目逼近咸鏡道邊界紮營駐守，對這情況一般官吏都心知肚明。其實不止是俄羅斯，清國持續強化鴨綠江周邊的兵力的傳聞也從不間斷。虎視眈眈、動輒挑釁的俄羅斯，還在去年正月派船抵達元山浦，向我朝發出書函，脅迫我朝給予通商權和商民自由居留朝鮮的權利。

他還曾聽到過俄羅斯軍隊越過豆滿江的消息。

然而朝廷提出的對策，就只是回函答覆，清國是朝鮮的上國，沒有清國皇帝的許可，朝鮮不可與任何國家直接進行交涉，所以將派特使赴清國請命後再行定奪。對越境而來掠奪財物的侵入者竟然作如此屈辱的答覆，實在有辱國格。從妙虛那裡聽到的一些消息是，針對這局勢，幾位與朝廷高階有聯繫的天主教人士經過慎重的商討，得出的結論是，若要擊退俄羅斯最有效的辦法就是和已經進駐北京的英國或者法國締結同盟，至於締結同盟的事，只要透過在朝鮮傳教傳了十年的法國人張敬一主教即可，這結論還作成書函呈給興宣大院君。在昭義門被斬首的承旨南鐘三和洪鳳周都與此書函有所牽連。南鐘三是見識高遠的儒生，不僅教授西洋神父朝鮮語，還教授朝廷高官以學問。他還聽說，興宣大院君接到書函後還召見南鐘三交換意見。

不過那時張敬一主教似乎是在各地巡迴傳教中。

被推舉來策動與法國結盟的張敬一主教是法國人，曾久駐遼東地區傳教，十年前來到朝鮮，全力宣揚天主教，是朝鮮天主教的首級領袖。興宣大院君接到書函時，信裡推薦的張主教不在京城，大院君無法傳見，當然不悅。而就在此時，俄羅斯船艦返航，越江的軍隊也撤守了，高官們受此變化的鼓舞，一致反對與西洋建立同盟關係。在高官眼裡，這些天主教徒其實就是西洋番人的引路人，利用此機會正好可將之連根拔除，慘烈的天主教徒迫害行動也就種因於此。而這，根本就是那些沒能力保衛疆土的大臣們恐國力薄弱而張惶失措，蓄意將自己必須承擔的責任一股腦地推到天主教徒頭上的卑鄙行徑。

「大膽，竟敢在這裡信口雌黃！」

副提調的嗓子一下高拔起來。

「想用這些狡詐的說法保住一命？這騙術可騙不倒我！還抬出俄羅斯來編派，根本是寡聞無知的小人。光憑感情莽撞行事就能保衛疆土，厚生利民嗎？我們朝鮮，多的是懂得慎重沉穩，願意捨身保衛疆土的官吏和士大夫。鐵鏈是堅固，但一旦斷了就無法連接回來，而柳枝雖柔弱易折彎卻不易斷裂。若是光靠嘴巴說間島是朝鮮國土就可成事，那士大夫們有誰肯隱忍下來。朝鮮自古以來就面臨強國的威脅，經常得忍住屈辱，才保住這一片江山。對我們朝鮮來說，即使是受屈辱也必須忍耐，保疆護土畢竟是首要任務，難道光要自尊而不惜招來亡國之禍嗎？受屈辱的智慧，哪裡是你這種無知小輩能懂的！你分明是自己找死，自己挖墳往裡頭鑽！現在開始，不要說那些沒用的廢話，老老實實給我招來，你到間島是為了什麼？」

「大人也知道的，間島自古就是朝鮮先祖建立高句麗渤海國的地方……」

「還說廢話……」

「小的已經稟報過，國境問題非小民所能過問，但是現在還有不少朝鮮人在間島島上居住，小民上那是想看看我朝鮮人生活的面貌。」

「在那幹了些什麼？」

「小民只是在島上繞了一圈。大人，當時正值寒冬，所以無法深入到北間島……」

「怎麼走，走過哪些地方？」

「從義州走到……安市城，還到過觀州和通化……在渾江……」

鐺鐺鐺，瞬間煙桿的聲音又響了起來。

像是憋忍許久般，那聲音非常尖銳吵雜。隨著那聲音，他的下頦像是要粉碎掉似的，隨即臉往旁一轉，臉就陷入沙土，原來是那手持木棍的大個子用腳猛踩已經倒地的他。因上半身覆蓋著木版，只剩手臂和腿肚子能踩，大個子使勁踏踩反綁在木版上的手腕，另一個虎背熊腰的傢伙更狠狠地鞭打他的小腿。他死命咬住牙根，就像朝天的烏龜一樣盲亂地掙扎著。無從明白到底這些人是怎麼知道他到過間島，又到底知道了多少。

「夠了，拉起來，讓他跪下！」

旁邊的兩個傢伙拉起他的肩膀，讓他跪下。

「給他看看這東西！」

義禁府都使從副提調手中接過一紙摺疊起來的白紙走下石階來。一邊眼睛有血水滲進，一切景象忽閃忽滅。看來年紀不大，身著合身綢緞長袍的都使走到他前面將那紙攤開。約全張一半大小的白紙上畫著許多線條，還有些芝麻般的字在上頭。個子高大的傢伙將火把靠近，還用袖口將他眼角上的血抹去。紙上的線條和字跡都十分熟悉。

「給我看清楚了，這可是你的字跡？」

「這，這個……」

「幾年前來訪的清國使臣中一個武官帶來的，還拿這威脅朝廷，質問我朝派遣密探到間島一帶尋訪的目的何在，還說這紙就是我朝密探所繪的地圖，被他們沒收來當作證據。清國是我朝的上國，國境如何劃分關係到我朝的興亡存滅，如你剛才所說，眼下俄羅斯無端挑釁，我朝急需清國的援助。現在倒要看你怎麼否認這不是你的字跡。義禁府道史已經拿你其他的字跡來一一對照過了。」

「大鑑大人！」

他睜圓了眼，高聲呼喊。

那紙上畫著渾江和鴨綠江邊上的臨江一帶的地勢，旁邊還有說明的文字。那分明是自己冒著生命危險，深入冰天雪地的間島時所繪製的許多張地圖中的一張。那又矮又胖，雙手黝黑，門牙暗黃的清國軍校的模樣像電光石火般閃現眼前，那時他也像現在一樣被當成暗探挨了狠打。當時因酷寒而放棄進入北間島，卻在越過鴨綠江時被逮。當時被那軍校奪走的，除了得來不易的西間島地圖草圖之外，還有母親的銀髮簪。後來他在不見五指的暗夜中九死一生的逃出來後，在臨江遺失一張地圖草圖，僅僅是一張，現在竟然出現在眼前，實在令他驚訝得目瞪口呆。

「給我招來，這不是你畫的嗎？」

「不是的，大鑑大人。這……是我畫……畫的沒有錯。剛才我已經秉明大人……因為間島上……有我，我朝鮮的百姓居住，而我一輩子志在繪製地圖……因此想弄清楚那一帶的地形要害。那時因氣候酷寒而穿越鴨綠江出來，途中被清國的軍校逮住，還被搜身奪光了所有的東西，這紙就是那時被奪的其中一張……」
「被清國的軍校逮著，如何能活著逃出來？」
「他們裡面……有一個小卒是朝鮮人，這小卒半夜裡替我鬆綁……還一路幫助我越過鴨綠江，那人說自己是滿浦人……」
「這話叫誰相信？」
「小的如有半句謊言……死也無怨……」
「你交出木版本《大東輿地圖》換回一條小命，是不是？既然當你是朝鮮派來的密探，就沒有理由讓你活著逃走！」
「大人此言真是從何說起！我何苦帶著《大東輿地圖》到那麼遠的地方去呢？再說，那時小的離開家鄉已有一年。若要如此定我的罪，不如將我送到義禁府審問！」
「看來得讓你再嘗嘗苦頭才肯說真話。清國武官還提到《大東輿地圖》，知道得非常詳盡，你倒說說，他們到底是如何知道得如此詳細的？」
「這個……小民實在不知道……」
「大膽！套上馬嚼子給我打！」
磕煙桿的聲響中，副提調一揮袖，冷冷地劃破夜空。
怎麼掙扎也無濟於事。在臨江遭到嚴刑拷問，傷得如同破抹布般癱軟，得以保住一命確實全靠清國軍校手下那個朝鮮人的協助。若不是那名朝鮮人，他恐怕次日就被押送去斬頭了。

儘管他說的都是事實，但木棍還是如雨點般落下。

他還是和剛才一樣，面地倒伏，臉栽在土裡，盲亂地掙扎著，小腿肚破裂血水直流，手臂則似乎斷了。順實的影像在眼前一閃一滅，父親的影像也閃現搖晃。離開兔山後的一切過往此時濃縮成一剎那，急速地掠過眼前。遭斬首的大哥才剛浮現，轉瞬間又換成自己迷失在高山峻嶺的影像；惠連師父獨自跪在南海石窟的背影才閃現，剎那間又換成年幼的自己死命吸吮惠連師父垂死母親奶水的場景。父親因一張錯誤的地圖而死，作兒子的卻因繪製了正確的地圖而即將喪命。

嘴上套了馬嚼子，他連呼喊都不能。

似乎有短暫一瞬他昏了過去。

再清醒過來時，他和剛開始時一樣跪坐著。其實他已無力保持跪坐姿勢，是旁邊的那傢伙用一根竹竿穿過地圖木版和他身體之間，並握著竹竿才撐住他不倒下。義禁府都使正收起攤開的地圖草圖走回原來的位置。之前幾個月裡，負責查明這草圖是何人繪製的任務大概就是金成日和都使。

他用渙散的眼光往大廳木廊臺上望。

可以死在這裡，但是絕不能被誣陷成出賣地圖給清國的賣國賊，一定要保持清醒，他咬緊牙根想。與其被誣為清國的密探，倒不如擔下叛徒的罪名。副提調大人正喚金成日到身邊，耳語交談著什麼，參判大人則正從倚著的靠墊中直起腰背，往煙鍋裡填煙絲。這時那高個子的傢伙才拿下他嘴裡的馬嚼子。

「本家在哪裡？」

這次是前任參判大人狡獪尖銳的嗓音響起。

副提調和金成日中止了耳語交談，一起轉向大廳木廊臺。因為一直不曾開口，一味磕煙桿的參判大人突如其來地開口，空氣裡新的緊張氣氛正流竄著。

「小民……本家在……黃海道兔……兔山。」

「果然……是兔山沒錯，什麼時候離開的？」

「小民……十歲大時……」

「是那個叫洪景來的起亂的壬辰年對吧。」

「是，是。大鑑大人……」

「把他給我帶上前來！」

參判大人狡獪尖銳的聲音沒有高低起伏。

應聲隨即有兩個傢伙上前將他拉拖到土臺的石階前，與此幾乎同時，肥胖的參判大人也在金成日的扶持下走到木廊臺前端。副提調被刑曹參判突如其來的命令驚嚇住，猶疑著要起身。他大腿和小腿上流淌出的血水將石階染濕了一大片。任誰也沒有預料到會有這變化，所有人噤聲屏息觀變。

「把這小子的臉給我用火照亮！」

一個傢伙將火把湊近，另一個則拉起他的頭髮。

閃爍不定的火光反而讓他無法看清參判大人的臉。長煙袋的煙桿伸到眼前，白銅製的煙鍋，裡頭填滿著火的煙草，炙熱自不待言。那煙鍋掃過臉頰，嘴唇，眼皮，還巡掃過下巴和臉上。坐在木廊臺前的參判在他眼睛裡只是一個模糊的影像。血水浸染的下巴碰觸到炙熱的煙鍋，如火燒般疼痛難當。但他硬是忍住吞下喊叫。雖然一直都是副提調在審問，但他早就明白自己的生死決定權在參判大人的長煙袋上。

「現在，抬起頭來看我！」

「……」

「沒關係，叫你抬頭看著我！」

火把退開，他這才看清參判大人的臉。雖然細紋不少，但和蹣跚的行動相比，臉算相當的平坦光潤，但不知道是不是因為過度肥胖，就是有什麼地方讓人覺得不自然，甚至有些怪異。下巴的肉堆疊成好多層，人中特長，嘴唇肥厚。乍看似乎在哪見過，但又想不出具體印象。

「可想起我是誰？」

「小民卑賤，如何能……見過大人！」

「壬辰年當年，我還未到而立之年！」

「……」

「你這命大不死的混帳！你那兵房老父是個嗜酒鬼對不？若不是因為你這混帳，我早在四十之前就當上堂上官了。從成日那聽到畫《大東輿地圖》的人出身兔山，那時我還半信半疑，沒想到在我死之前能見到擋住我大好前程的混帳，真是太讓人欣慰了。你這不知天高地厚的混帳說是一張錯誤的地圖害你沒了父親，還因此而一直畫地圖是不？」

「大……大鑑大人……」

「你跪在兔山官府前的那可恨的樣子現在還鮮明得很。」

「……」

他想站立起來，卻馬上倒在石階上。

如同遭受淩遲般，四肢散架。喝啊！他掙扎著叫出聲。前任刑曹參判正在金成日的攙扶下支起肥胖的身體。呼喊未歇，一陣炙熱湧上喉頭。若真有閃電掃過腦頂一說，就是這樣的感覺。

兔山縣衙門前山櫻花樹蔭悠然浮上心頭。

父親做一個既沒俸祿也沒品階的兵房，卻被送上死路，那是壬辰年的事。那年，山櫻花樹環繞著宏偉的兔山縣衙門，花朵成簇地盛開，那清爽雅致的花蔭他從未有一刻忘懷過。還有，他獨自跪在衙門前，請求官府派人尋找被派出去協助鎮壓反叛軍的父親和其他人的行蹤，那孤獨的影像也出現眼前。更永銘心頭的是，暫居在判官大人宅裡而和自己成了朋友的惠岡和縣裡居民們慨然一起下跪的往事點滴。聲稱接受一切請願，將他和其他幾個人騙進監獄監禁的縣監，還有那上吊死在衙門前山櫻花樹上的水塗母親，這些人他從未忘懷。幾天後那善於研判局勢的海州牧使為了消除後患而罷免了縣監。如今回想起來，他最終離鄉逃亡，其實是被迫的，是那遭罷免卻一直留在兔山的縣監拿他大哥作要脅，逼得他必須離鄉背井。海州大嬸暗中告知，前任縣監恨透他，必得致他於死地，所以嚴厲警告他，要他趁天黑逃亡時的表情，現在還歷歷在目。五十多年的歲月流逝，然而一切記憶仍然如此清晰鮮明。

呵，天下竟然有此惡緣。

他盡全力睜大被血水浸濕的眼睛，看著正轉身走回原來座位的前任刑曹參判，不，是前任兔山縣監。參判是從二品官，位在判書之下。尚未到而立之年就如此殘暴的人，最終竟然能晉升到從二品堂上官，如此世情，實在令人無言以對。已經老邁到行動如此不便，就只因為曾任參判而還能任意將備邊司副提調傳喚到自己宅邸，那權勢更是令人無法置信。

「老……老爺……」

他忍不住，嗚咽無意識地冒上喉頭。
「大膽，你這無知小輩，竟敢喚參判大人為老爺！」
副提調急急地出聲喝止。
幾乎已經回到原來座位的刑曹參判一手甩開兒子金成日的扶持，回頭直視著他。那一聲老爺分明讓參判十分惱怒，飽滿的臉上一瞬間血氣上沖，然而卻又想掩飾住，只冷冷一笑，用煙袋指著他，道：「你，敢喚我老爺？」
「那……那年，包括我父親在內的二十四人的死……確實是因為官府給的錯誤百出的地圖所致，那地圖就是那時的兔山縣監您所給的。二十四條人命，不說是免職，就是遭流放也還太輕，怎能說是因我而丟官呢？」
「這該死的混帳，死到臨頭還如此狠毒！」
「啊，若是大人想私下將小民處死，那卑下的小民只能束手待斃，反正是一死，至少也要說出小民的冤屈才能甘心閉眼。那事件也讓小民……從此離鄉四處流浪。我父親的冤魂也一樣……而大人您，那之後還晉升到堂上官……現在，還拿數十年前的私人恩怨，誣陷卑下的小民是清國的密探，動私刑拷問。副提調大人！小民請求大人，將小的交給義禁府審問，現在對小民的刑求拷問，根本就是市井街頭的暴力！」
「你……可惡的混蛋！」

怒氣衝冠的參判將長煙袋用力一擲。

參判走到火爐邊一轉身，在夜風中搖晃不定的火光映照下，他那光滑飽滿的臉像金龜子一樣腫脹得幾乎要爆裂開來。煙袋沒擊中他而落在石階上。大吃一驚的副提調一揚袖，背上的木版上隨即遭受一陣踏踩。他毫無辦法，聽任額鼻和臉頰陷入泥地，精神漸漸渙散。

「父親，請息怒！」

「放手！我自己的身體我自己使喚！」

金成日父子的爭執聲傳來。

參判似乎因金成日的扶持而動怒，固執地甩開扶持。然後是一陣咣鐺鐺的響聲，像是什麼東西倒下來似的，緊接著是幾個人的喊叫聲和急促的腳步聲。因為臉栽在地上，他只聽見一陣嘈雜聲。奇特的是，就在那一瞬，他看到父親的幻影一閃而逝。幻影中父親的表情就跟他生前常有的表情一樣，像個淘氣又富心計的少年，他感覺到父親的魂魄就在身邊。直覺地猜到發生了重大的變故，他這才使出殘餘的力氣抬起滿是血水的臉，將被血染透的下巴當成支點，很吃力地轉過臉，木廊臺上的景象這才映入眼簾。

「水！水！」

「拿水來！混帳！還不快拿水來！」

金成日大喊，副提調則急得跺腳。

有個人掙扎著，而其他人正圍著那人。好像是白銅火爐翻了，井字地板上冒火的木炭四處散落，嘈雜的人群圍繞著，還見火星四散。他很快地判斷出，著火掙扎著的人是金成日的父親，也就是前任刑曹參判。這個心眼窄小性格暴烈的老人，一時怒火上衝而斷然甩開金成日的扶持，結果一晃悠，倒向白銅火爐。不，也許是父親的魂魄將這老人推倒的。大約紗帽和頭髮都著火了，管家連鞋也沒脫就跳上木廊臺，將一整水罐的水往老人頭頂上潑。那一瞬間，淘氣又古怪的父親又似乎又在眼前一閃而過。

「父親，振作一下，父親！」

「大鑑大人！」

所有人只喊叫著，束手無策。

他「呼」的一聲，放鬆下頷上的力氣。氣力已耗盡，臉根本無法轉動，嘴裡吃進大把泥土。燒焦的紗帽和頭髮，光想像也可以知道這老人滑稽的模樣，可笑而可憐。

他艱難地扭動上半身。

他想笑，卻突然湧出一串熱淚。似乎連火把也滅了，眼前一片黑。《大東輿地全圖》那厚重的木版如同石磨一樣沉沉地壓在他背上。

不知道到底過了一天，兩天，還是三天，全身裂折，像撕爛的破布般的他醒了過來，在一個堆滿木柴的柴房裡。背上的木版已經拿開，但身體還是一點也無法彎曲，嘴唇乾裂，眼前一片漆黑。

有腳步聲傳來。

他艱難地睜開雙眼朝發出光亮的門縫望去，是燈火的光線。接著柴門開了，燈火一下湧進柴房。他很困難地支起上半身靠著木柴坐起來，望向燈火後面的來人。是一個下人模樣的年輕人和通德郎金成日。那下人先把帶來的水盆湊近他的嘴，水又刺辣又甘甜。

「可回神了？」

金成日以低沉的嗓音問道。

「管家說，沒有傷到筋骨，還可以走。讓這名下人扶著，避開別人的注意，立刻從後門離開。這下人會將《大東輿地全圖》的木版送到尊府前給您。」

「何不乾脆殺了我？」

「我父親……年歲已長，那次倒在火爐上後，留下後遺症，沒能撐過去……往生了……」

仔細一看，金成日著的是喪服。

「父親……事前沒將和古山子先生您的……個人恩怨說出來，我也就沒有料到事情會發展到這地步。父親因此而往生，想來您也不能算受委屈了。走出這裡之後，絕口不能提這裡發生過的一切，這是條件。副提調堅持要將您押送給義禁府處置，我費了不少唇舌才說服他，您得了解我的誠意。若被送到義禁府，依當前的情勢……等著古山子先生您的分明是死刑。那天讓你來，雖是父親的命令，但當時我是想救你一命才命你到我的私宅。總之，我不想聽到和父親的往生有關的流言蜚語。若先生出去後違背我們的約定，那我會向義禁府告發，切記。」

「我會遵守諾言。唉，參判大人的遭遇令人扼腕……也非我本意……」

「扶先生到藥峴！」

金成日領頭走出柴房。

在年輕下人的扶持下，他經由後院朝後門方向一瘸一拐地前進。後院裡一間又一間的下屋，柴房更是無以數計，可見其規模之大。走過書庫、轎庫和庫房，後屋後方是一座下人們進出用的簡陋矮門。大概是久未使用的關係，轉開門時門扇發出尖銳的聲音。他跨過門檻，轉過頭注視著跟在後頭的金成日。金成日接觸到他的目光，先開了口，道：「我會送上些錢，就請用來好好療養身體吧！」

「……」

「《大東輿地圖》……將會在歷史上永垂不朽的……」

「那，那麼……」

他無法盡言。

怎麼形容呢，心底深處傳來「咚」的一聲，像鼓聲，深沉而悠遠。和金成日的相見雖以惡緣始，然而金成日絕對是他見過的官員中對地圖最具鑑別能力的人。而不附加任何條件，斬釘截鐵地肯定他的地圖的價值，也是首次出自金成日的口。風雨中空蕩蕩的街道黝黑一片，他咬著牙忍下全身似乎就要粉碎的徹骨疼痛，吃力地往前行。

眼眶一陣濕熱。

在那一瞬，有件事他並不知道，那就是順實已經被逮捕到右捕廳。那天在妙虛書鋪他前將順實交給石頭照顧，結果當天順實就在敦義門被捕。他跨過前任參判大宅門檻時，也正是順實被繩索捆住拉進右捕廳門檻時；他挨嚴酷拷問時，順實也受著拷打；他滴水未進地被棄置在黑暗的柴房時，順實也一樣口乾舌裂地被丟在右捕廳黑暗的監獄裡。位於瑞麟坊的右捕廳與安國坊的金成日宅府近在咫尺，說他們父女可以聽見彼此的哀號也不誇張。順實的罪名是持有宣揚天主教教理的小冊子。

金梁冠

古山恆在，江水非古，
晝夜奔流，昔水安在，
人傑似江水，一去不復返！
——黃真伊

「你就在這等著吧。」

惠岡崔漢綺用帶著歉意的眼神望著他說。

這是雲從街上義禁府前。他來見威堂，卻因中人的身分而不得其門而入。威堂前不久剛晉升為義禁府首長判義禁府事。自任三道水軍統制史後，威堂歷任從二品的刑曹判書、兵曹判書、工曹判書，最後高升到從一品官階，可說是乘勝長驅，步步高升。

「請向威堂好好進言，重託了！」

「那……」

惠岡清了清嗓子，轉身進去。

義禁府乃直接受命於君王，負責追捕並審查罪犯的機關，和刑曹、漢城府共稱三法司，是一個權高勢大的機關。興宣大院君掌權後，威堂的地位也陡升，當然這是因威堂的能力和人品皆為上乘，加上興宣大院君的賞識而得的結果。威堂現在的官階比從二品的捕盜大將還高兩階。只要有心，要將只是和天主教稍有牽連的順實從監獄裡弄出，可說是易如反掌。雖想直接向威堂說明前因後果，乞求協助，卻因身分甚至無法進義禁府庭院一步，無可奈何下只能求惠岡從中協助。

已是巳時了，卻因烏雲滿布，不見一點日頭。

從高聳的普賢峰吹起的強風越過白嶽，橫掃過慶福宮和六曹街道，風勢依舊猛烈。去年開始動工的慶福宮裡重建工程正大興土木。自興宣大院君掌權以來，一方面展開撤廢書院、重懲侵吞稅穀的官吏等一連串措施，一方面推動重建慶福宮、恢復農鄉地區自治法「鄉約」和鄰里保安自治的「五家作統法」，以及王權的強化等措施。百姓則因各自立場不同而分裂成支持和反對兩派，此種局勢事實上已維持一段時日。慶福宮重建工程滋生出許多是是非非，其實正是此種局勢的一種縮影。辛酉年（一八〇一）和己亥年（一八三九）的天主教徒迫害後，對天主教態度比較溫和的安東金氏權勢下已近有名無實的「五家作統法」再度復活，這也是此種社會局面的反映。

而當時時派和僻派兩派的權勢爭奪更與此不無關係。所謂「五家作統法」，是將五戶組織成一個單位，稱為「統」，若這個統中的成員中有人反對朝廷的賦役或者納稅政策，那麼整個統的成員就必須連帶對此負責。事實上，主張強化「五家作統法」的一派是藉保存鄰里相互協助之傳統的美名，實際目的在將天主教趕盡殺絕。因為那樣的制度下，若統內成員有人信天主教，其他成員就不得不提出密告以求自保，說來是一極端卑劣的手段。

出乎意料的，惠岡很快地從義禁府出來了。

惠岡臉色暗沉。他不好催促只無言地隨著惠岡走。順實被囚的右捕廳位於六曹街道和義禁府之間的惠橋旁邊。今天一早他在右捕廳附近焦急地踱來踱去，苦思無著的情況下，就如即將溺死的人連一根稻草都想捉住一樣，匆匆找到惠岡訴明苦衷後，一起來到義禁府。

「呵！惠岡，我實在心焦……」

「……」

「見了威堂沒？至少得讓我知道……」

「見是見了，但畢竟是重責在身的高官，匆忙一見，談不到一刻就……」

「可曾轉告我的請求?」

「簡單地說了事情的來龍去脈,但威堂沒給出明確的答覆。威堂是權高位重的堂上官,而且身為應該率先施行朝廷時令政策的判義禁府事,能私自處置的範圍不大。威堂只點頭示意會去了解內情,並沒有具體的答覆。此外,待威堂處理的事太繁多,我沒找到機會私下和他談話……」

「就只是這些?」

「嗯,就是這些了……」

惠岡停下腳步,往小巷道內望。

背後一隊捕快拖拉著幾個用繩索捆起的罪犯往右捕廳方向走。可能是被捕後遭受過無情的痛打,罪犯們滿臉都是血跡,傷痕累累,但從他們還算端正整潔的穿著上看,應該是天主教徒。惠岡無視這些捕快,轉身往巷內走去。這裡是酒鋪和飯鋪林立的相思洞內的巷子,突然想起從前和惠岡一起去過的那家內外酒鋪,在那裡吃過用鱒魚內臟醃的魚醬。

「去哪,惠岡?」

「午時快到了……」

「順實還在那裡面,飯我是嚥不下的。從義禁府出來以後,你的表情一直不快,難道見威堂受了冷落?我實在悶得慌,不如一死百了……」

「不能說擺明了冷落……應該說是我感到自責……」

看來這次惠岡的自尊深深受到傷害。

雖相信威堂的本性不會改變，但終究身處俗世，長久的流配生活中臥薪嘗膽，心中未嘗不期待得到補償。在政權交替的艱險局勢中仍能身處要職也側面證明了威堂的野心不小。他想起高宗即位的癸亥年那年冬天，他帶著補訂重新印製的《大東輿地圖》木版本到威堂宅邸，那時離在統制營相見已經有四年，然而他卻只見到威堂的紗帽而已。那時屋裡坐滿高官重臣，似乎在商議著什麼，他從門縫裡瞧見威堂的紗帽，轉身走出來時，聽到管家說：「大人交代以後再傳喚，今天您帶來的東西可以交給我。」那聲音現在似乎還在耳畔。當時那種遭到冷落的感覺，今天惠岡大概也感受到了。

「真是太對不起你了……」

「你的心情我了解。現在我也沒有什麼胃口。你當然是焦急，但我實在找不出能助你一臂之力的方法，實在對不起。可想再回到右捕廳去？」

「不回那裡我放不下心。坦白說，惠岡，若是順實死了，我活著也跟死了沒兩樣。再請求一次，待會兒趕在退廳時間跟我一起到威堂宅前。就算在大門前等也要見上一面。我是真的找不出別的方法了……」

「這……你是說……」

「想想，威堂過去為人如何？若不是威堂的協助，《大東輿地圖》恐怕無法完成，威堂一直都是個明是非有擔代的人，就算經歷那麼長的邊地流配生活，他始終都沒有改變過心志。我相信，威堂不會對你和我的事撒手不管的。」

「真對不起，古山子，待會兒天黑後……約好了人來家裡……」

「哦……這樣……」

「說來威堂和你倒是比較親近的，我有約在身，無法抽身……再說，到威堂宅裡你一個人去也無妨的。」

「真的……不能幫個忙？」

「能幫上的我怎麼會不幫呢？」

惠岡的表情讓他很快地知道，再怎麼說也沒有用了。惠岡性格正直，有約的事當不會是假，但就和幾天前去找妙虛時一樣，他感覺到一個珍貴的東西似乎在瞬間失去了，心中頓然掃過一陣冷風，寒颼颼的。自己的事是關係到生死的，難道惠岡不明白？

他在惠橋邊和惠岡分手。

惠岡往南邊毛橋方向走，他則轉回頭朝右捕廳方向走。他和惠岡同年。他十歲那年，獨自一人跪伏在兔山衙門，最先跑過來跪在他身邊的人正是惠岡。他無法忘懷的是，當時還年幼的惠岡，不顧忌兩班和中人階級身分上的懸殊，先敞開胸懷和他做朋友。因他從小對天文特別感興趣，地理知識也豐富，所以惠岡就要他畫地圖，說是自己畫天空全圖，再將兩張圖合起來，就成了宇宙萬物的地圖。說這計畫時惠岡那清亮的眼神現在還生動靈現。雖然他們倆關注的範圍不完全相同，但兩人同樣堅持實事求是，一直是能交換意見，志同道合的同志，更是患難時相互扶持的朋友。然而此刻，不知道為了什麼，既是同志更是朋友的惠岡似乎就要遠離他而去，一股惆悵和酸楚湧上心頭。

右捕廳前一片混亂。

儘管守門的兵卒瞪大眼睛呼喝，一擁而上的群眾也只是退了兩三步，看來這些人都和他一樣，是為了確認被捕家眷的生死而來。

他也擠進人群中蹲坐下來。

渾身關節都疼痛難當。在通德郎金成日宅中堂屋庭院遭受的私刑讓他的整條腿裂傷滲血，根本無法蹲坐。被前任刑曹參判那烤得火熱的白銅煙鍋燙傷的臉處處腫脹，處處血跡的衣服雖已換下，但模樣狼狽而嚇人。旁邊的人們都轉過頭來向他投以異樣的眼光，甚至有人問他是不是因涉及天主教被捕然後釋放出來的。

「要不是剛從牢裡出來，怎麼會渾身是傷？」

「要人命的何止捕廳一處吶！」

「說的也是，聽說被漢城府和左捕廳逮走的更多。您府上誰被逮走？是右捕廳沒錯啊？」

「……」

他不語，只望著天。

大雨似乎呼之欲來，人聲嘈雜，人們議論著誰誰又被處死，誰誰熬不過酷刑斷了氣。甚至人們還竊竊私語，說是各地官府搜捕天主教徒的行動風急雲湧，想活命就只能否定天主教的一切並挺身提出密告，密告者可受獎賞，掩護天主教徒的則將被處死。在黃海道、忠清道一帶，若有人要從海路逃往清國，官府甚至允許先殺後奏。下此令的是王室掌權者，同時也是僻派首腦豐壤趙氏大王大妃，允許在未先呈報朝庭的狀態下先斬後奏，表明了朝廷對天主教徒趕盡殺絕的態度。

果不其然，雨開始下了。

右捕廳前聚集的人們有的快步跑開暫時避雨，有的則不在意地在原地或坐或站。又有五六個囚犯被拉進去，其中有新媳婦模樣，穿著端莊的年輕婦女，還有十來歲大的少年。

「大哥……」

聞聲轉頭一看，是石頭。

石頭也不顧生計，每天從麻浦渡口來這裡乾等。他還為著那天沒能將順實安全帶到麻浦渡口而感到自責。然而那天捕快從順實身上搜出天主教教理問答小冊子，石頭又能做什麼呢。

雨時下時歇。石頭硬是讓他吃了一點粗麥糕，還讓他喝點水。嘴唇撕裂般疼痛，嘴裡則苦澀如黃連。

「再吃點吧，大哥。」

「夠了，吃不下了。」

「把這喝了，有點苦，但得全喝了。」

「這是什麼？」

「杖毒要是蔓延到全身，便沒藥可救。您看這血都還沒結疤，我到麻浦一家出名的藥鋪裡煎了這藥來，一口喝了，大哥你可得撐下來。」

「哎……」

「外面的人得活著，才能救裡面的人出來呀！」

這世上，身邊除了同鄉的石頭，什麼也沒有了。他忍著苦澀，咕嚕咕嚕地把藥喝下去。苦難不會輕易地結束，他原本以為順實只是稍微接觸了天主教，然而現在一看，順實似乎信得很沉迷。這不難理解，他常年離家在外，順實幾乎就將驪州大嬸當成親娘一樣啊。

「順實也取了什麼洗禮西洋名嗎？」

「做父親的都不知道，我怎會曉得？」

「我根本算不上是父親……離家的時間倒比在家的時間多……真是太對不起順實了！」

「唉，就我所知，順實還沒取西洋名，大哥可以放心。」

「我的罪障太重了……」

他低聲自語，還嘆了口氣。

對其他人來說，自己也許還算有點作為，但是對順實來說，自己實在是個不盡責的父親。若就這樣失去順實，彌天的遺憾和悔恨將無可消解。無論如何，一定得救出順實。然而現在就連一根可攀抓的稻草也沒有，實在情何以堪。

他突然懷疑，獨身過了這一生，到底做了些什麼？

雖說繪製出傑出的地圖來利民厚生，然而那意義究竟何在，真正懂得他用心的又有幾人？朝廷甚至以此為由威脅他的性命，繪製地圖過程中還多次險些葬身虎口，甚至一條命差點就送在清國、朝鮮官吏之手。對這遠大的夢想，他未曾真正後悔過，但如今回首一望，這一生竟然如此虛妄。

停了的雨突然又急了起來。

威堂宅府位於嘉會坊。

天已黑，但還不見威堂的身影。還好，態度親切的管家讓他進下屋等待，但堂屋裡早已有多個貴族身分的人等著見威堂。或許今天也將和之前他帶著《大東輿地圖》重刊本來時的遭遇一樣，即使威堂回來仍只能瞥見他的紗帽就被趕出來也不一定。

從白天開始下的雨還未停歇。

全身止不住地打顫，也許是受了風寒。這說來也是當然，挨了酷刑毒打還終日蹲坐苫等，加上淋了一身濕，不受風寒才是怪事。暮色一點一點地擴大地盤，四周漸漸變得黝暗。管家點上燈。此時堂屋裡的士大夫貴族們高昂的笑聲陣陣傳來。

「大人回府了。」

管家跑過來低聲示意。

威堂一進堂屋就可能無法見上一面。他如此一判斷便很快地走到大門外，合掌站在門邊的下馬石旁等待。威堂騎著馬正轉進巷道，那威風凜凜的樣子和幾年前在統制營前見的時候又截然不同了。從一品的官階畢竟是僅次於三政承的高官。

「呵！是您，古山子！」

威堂一下馬就認出是他。

直接從捕廳回來的威堂，身上還穿著官服官帽。不知道是不是因為這樣，他感覺到和威堂之間遙遠而陌生，從未有過的感覺。那一瞬間他甚至抬不起頭來。威堂身上穿著唐草紋樣的紗製黑團領官服，袍帶鑲著金飾，正稱合著堂上官的身分。官服和袍帶都是身分和權威的象徵。

「外面下著雨……快請進來！」

「裡面客人不少，所以……」

「啊，看我的記性，都忘了今天有聚會呢。白天惠岡來過了，稍微提到令嬡的事。您來也為了這？要是為這，可以不用跑這一趟的……」

「請救小女一命，大鑑大人！」

他突然雙膝一跪。

「哎呀！怎麼……快起來，我們之間……不需如此。令嬡是被捉到右捕廳了，可沒錯？」

「是的。順實是我唯一的骨肉，雖然她身上帶著天主教教理問答小冊，但那只是小孩子一時好奇，受了鄰居大嬸的誘惑罷了，並沒有接受過洗禮什麼的。這都是我的失察。大鑑大人！我這個做父親的只沉迷於繪製地圖，經常離家在外，讓孩子一個人……」

「追捕天主教徒是朝法國令，現在局勢風行草偃，而我必須執行法令的立場，您該更清楚。」

「這個小民當然明白，但……」

他這才抬頭望著威堂。

威堂頭上戴的官帽叫「金梁冠」，是用竹絲和馬鬃編製成，再上了泥金的高級官帽。官帽上從前額到囟門的直條叫「梁」，一品官階者有五條，稱為五梁，二品三品則各為四梁和三梁。威堂頭戴著的金梁冠上那象徵著朝鮮最高權力和尊嚴的五梁醒目異常，這和多年前他背著一壺映山紅酒到威堂被流放時居住的草屋所見到的威堂可說是天壤之別。那時威堂身著便服站在狹小的草屋前院的一角，仰望著天空發愣，那形象現在正從氣勢堂堂的金梁冠的五梁上一點一點地流逝。威堂以前從旁支持他，說他能在無人支援的情況下，將本該由國家擔當起的製作地圖的責任一肩扛起，專心一意地繪製地圖，是真正的愛國者。威堂還不理會上層官階者的側目，堅持打開奎章閣書庫大門，讓身分低下的他得以入內閱覽到各種珍貴的地圖資料。當時威堂那強盛的氣概此刻油然浮上心頭。

「解開這問題要靠令嫒，而不在我。」

「此話怎說？」

「剛才您說順實沒有接受過洗禮，這很重要。順實接受審問時一定要背叛天主教才有活命的機會，否則我也無法相助。您可能不知道，眼下局勢很微妙且風聲鶴唳……」

「背叛天主教的意思是……」

「那些天主教徒們稱天主是王，還主張人原本生而平等，沒有貴族和平民的區分，這樣根本等於是否定君王和兩班貴族，也就是反叛朝廷。所以令嫒必須招供不信天主，並發誓尊崇君王和士大夫，這樣才有活命的機會。這世上，除了我們的君王之外，難道還有別的王嗎？」

「……」

「我會留意這事，但若不願意否定他們所謂的天主，我也無能為力，希望您能理解。客人等著，我得進去了。」

「還請考慮過去的情誼……」

「呵，您該知道，就是這種溫情主義讓整個國家一片混亂。來人啊，準備些飯菜來招待！」

「大鑑大人……」

喚聲未歇，威堂已經轉身進去了。

掌燈的管家急忙趕在威堂前面照路。威堂轉進中門，身後的影子被火光拉得老長，覆蓋住他的臉。金冠帽上別著的簪子上紅色的穗子反射著光線。

只見那熱情洋溢，悠長的歲月無奈地熄滅了。

孝巾

邦本已亡　天意已去　人心已離
比如大木　百年蟲心　膏液已枯
茫然不知飄風暴雨何時而至者久矣
——曹植，〈乙卯辭職疏〉

右捕廳前終日人潮不斷，因這裡是各種店鋪林立的雲從街，飯館酒店聚集的瑞麟坊，還有議政府等六曹官府集中的六曹街道交會之地。

人群聚集在右捕廳前面的街道上。

原本在清溪川橋下玩耍的孩子們以為有什麼熱鬧可看，成群地圍上來，在大人的縫隙間探頭探腦穿梭著。人群中有些看來是清貧儒生模樣，有些看來是被捉到右捕廳的天主教徒的家屬，滿面愁容地到這裡來打探消息的百姓，另外還有挑夫、人力車夫、轎夫和叫賣米糕的小販。守在右捕廳前的捕役們也好奇地伸長脖子觀望，但人群團團圍著，從捕廳前看不清那裡邊的情況。

首先映入眼簾的是懸掛在竹竿上的輓幛。輓幛是為了哀悼死者，在綢緞上寫上死者的德行經歷，或者敬哀悼之意的詞句，在出殯的路上舉著繞行用的。今天在右捕廳前吸引人群圍觀的這輓幛卻是寫在韓紙上，大約是沒錢買綢緞吧。好幾張韓紙用糨糊黏貼成一長幅，旗杆頂端紮著穗子。雖不用綢緞，但分明是輓幛，一共有五幅之多。

在輓幛前，是一個穿著簡素喪服的男子。五幅輓幛插在地上，一個男子就站在這輓幛前。男子身著白色土布衣，頭上綁著麻製孝巾，胸前還別上一片衰布，腿上紮著白麻綁腳巾，手上則是竹製苴杖。

這可說是備盡禮數的喪服。

本來麻制喪服分成兩部分，上衣叫衰衣，下身叫衰裳，而這持五幅輓幛上街的男子似乎沒有錢準備成套的喪服，只在胸前別上一塊巴掌大的麻布。這不能說是沒盡到應盡的禮數，因為別在近心臟左胸前的麻布叫衰，用來表示對死者的深深哀悼，所以有時即使只別上一塊衰，也可看成是喪服完備。這男子頭上的孝巾是生麻製成，質地和樣式顯示出一種沉穩持重的氣質。

「究竟是誰死了，何苦要來這裡？」

「……」

「這輓幛，怎麼會是這個樣子啊？」

「……」

人們議論紛紛，但著喪服的男子只眨巴著眼睛，偶爾出聲哭喪，卻不作答。雖臉和軀體皆乾瘦枯槁還長滿老年斑，孝巾裡散落出的頭髮也已半白，眨巴著的眼睛卻炯炯有神，看得出有些與眾不同。

這人正是古山子。

「唉，這人真怪，是啞巴嗎？」

「看來是輓幛沒錯，但上面到底寫的是什麼？」

有人搖晃著腦袋，有人張嘴咧舌。

輓幛中有一張上頭印著《大東輿地圖》縮成的《大東輿地全圖》，因為輓幛不寬，《大東輿地全圖》兩邊被裁掉了，但從白頭山到釜山浦南北向地圖全在上頭。

「呵，一幅是地圖，其他四幅是銘文……」

含著煙桿的老人蹙起眉看，喃喃自語地說。

其他四幅輓幛上頭分別寫著「醬醃鱒魚腸」、「華角櫃」、「金梁冠」，最後一幅上寫的是「古山子」。因為寫的不是漢文，而是韓文，意思更難猜測，看不出到底是人名還是什麼。著喪服的男子默默不語，圍繞著的人群開始交換各種不同的猜測。

男子不理會周遭人群的反應，只躬著腰站定。

右捕廳裡出來的兩個捕快撥開圍觀的人群朝裡面瞪眼，但畢竟找不出名目來斥責這些湊熱鬧的人群和著喪服靜立的男子，只乾瞪幾眼嘟囔幾句就轉身進去。雖沒下雨，但天氣陰沉，正好到了午時，官衙裡出來的官吏也睨著眼直瞟著他看，圍繞著的人群看來不會輕易散去。

「那印著地圖的輓幛真是稀奇古怪哪。」

「哪裡怪？」

「這不是我們朝鮮地圖嗎？這不等於說是國家亡了？」

「這……不會吧……」

叼著煙桿的老人這樣說，年輕的儒生斜歪著頭思索著。這老人看來洞達世事，卻似乎沒想到這名著喪服的人，竟然是先後繪製了《青邱圖》、《東輿圖》和《大東輿地圖》的古山子。

午時就這樣過了。

很可能有一兩個人能認出他，但幸好還沒人出面指認。極度疲困加上受寒，枯瘦的臉黝暗無光，兩眼呆滯無神，實在叫人目不忍睹。一早至今滴水未進，枯立了整整一上午。圍著看熱鬧的人已經比剛開始時多出一倍之多。

右捕廳裡突然湧出一群捕快。

他本能地感覺到他等著要見的人出來了，更躬了腰，還抬高聲調哭喪。圍著的人群在捕快們的叱喝下往左右兩邊退開。雖然捕快們揮起木棍驅逐，但群眾只退開一兩步，看來不會輕易散去。

「難不成看熱鬧也有罪嗎？」

「咳，這真過分，光是在路邊站著也要抓走呀?什麼世道呀……」

「哎，這人家中有喪哪，喪中哪，頂好別干涉，隨他去吧！」

這回出現的不止是捕快，一個脖子粗短橫眉怒目的捕頭模樣的走到他前面站定。顧忌到眾目昭昭，這捕頭似乎正為如何處置他而絞盡腦汁。他更抬高聲調哭起喪來。

「家裡究竟死了什麼人，為何到這裡來哭喪？」

「……」

他不作聲，捕頭則搖起頭來。

看來捕頭明顯地將他看成是個瘋老頭。雲層中陽光偶爾露臉。陸續進到六曹街的人力車和轎子因圍觀的人群而走走停停。面有難色地搖著頭的捕頭似乎無法可施，最後朝捕快們使了個眼色，捕快們便一擁而上，從左右兩邊將手持竹杖的他捉提起來。用裡外都有節眼的竹子做竹杖，就是拿裡外的節眼來表示對死者的哀思。

「不用上綁。」

捕頭很熟練地下令指揮著。

「別弄破那輓幛，好好帶回去！」

人群議論紛紛，不情不願地讓開路來。他毫不抵抗地就被帶進右捕廳。這正是他的目的，因此沒有必要抵抗。這身奇特的打扮和行動，還有對捕快的質問不理不睬，就是為了要見更高職位的官，即使見不到捕盜將軍，至少也可見到副將或從事官。

這就是他唯一的目的。

副將或從事官應該能看出輓幛上畫的是《青邱圖》或者《大東輿地圖》，若能見上副將或從事官，他就可藉機會乞求見順實一面。他所求的僅僅就是這個。無論如何要見上順實一面，讓這孩子在審問官面前發誓不再接近天主教，並否定天主教。因為，這世上沒有人能幫助他了，要讓這孩子活命，這是唯一的方法。

運氣還不錯。從事官是從六品，官階反而比捕盜副將還高。剛才他一直不回答，只堅持要求見捕盜副將，結果被拉到官階更高的從事官面前。這相貌堂堂的從事官還一眼就認出他就是古山子。

「我見過您老人家。」

「小民並不記得大人……」

「那時我不過十五六來歲，您當然記不得。我出身坡平尹氏魯宗派，尹氏家族學堂宗學堂，老人家可知道？」

「當然知道。那是忠慶道盧城有名的學堂，以前曾去過兩三次。」

「大概是您老人家的《大東輿地圖》出刊之後的事，您和五洲先生一起來宗學堂時，我正在那裡受學。尊師和五洲先生是同門，那天五洲先生站在靜修樓的情景現在我還記得很清楚。尊師引見時，說您是偉大的地理學者。」

「原來如此，這真是有緣哪……」

「可，您這身打扮是……」

從事官這才蹙起眉頭。

不只是因為喪服。他在金成日那裡遭受酷刑之後，一連多日一直守在右捕廳前，不用看也知道模樣有多淒慘。然而他根本不在乎，重要的是能如願以償地見到從事官，對方還認出他來，他的心願似乎就要達成了，心中陡然生氣煥發起來。他沒有立刻回答從事官的問題，先調勻呼吸，隨即俯身跪了下去。

「小民有一非常緊要的請求。」

「請求？快起來說話。看來宅中有喪事？」

「沒錯，大人，這是實情。我有三個一生相互扶持，情深義重的至友，在這幾天內他們全走了，連我的《大東輿地圖》也一起死了……」

「《大東輿地圖》死了？」

「為了完成《大東輿地圖》，我將我的孩子送上死路，所以該由《大東輿地圖》來替代受死，我也將一起死去。這輓幛，三幅是哀悼我那死去的三個至友的，一幅是為我自己的，最後一幅則是哀悼《大東輿地圖》的。」

「呵，這我可真如墜五里霧。送孩子上死路是怎麼回事，幾天內死去了三個至友又是怎麼著……」

「三個至友，一位喜歡醬醃鱒魚腸，一位喜歡華角櫃。」

「就因如此，輓幛上這樣寫了？另一幅輓幛上寫的是『金梁冠』，金梁冠可是政承判書戴的官帽，政承判書怎麼會成了您老人家的至友？還有，若真有這樣的高官去世，我該先知道的……」

「內情很難一一稟告。不過，《大東輿地圖》和小民的死，如剛才所稟報的，是因為小女……」

「就請直言吧。」

從事官眼裡盡是好奇。

在輓幛上畫上地圖的真正用意，其實並非他現在所說的。《大東輿地圖》畫的是朝鮮的疆土，正如那嘴裡含著煙桿的老人所說的，那幅輓幛正是用來哀悼朝鮮之亡。

朝鮮滅亡之日就在眼前了。

要正確地說明，就該這樣說，但他畢竟無法在從事官面前暢懷直言。而朝鮮將亡之說並不是因順實被捕積怨而來的，而是他一生身處民間，對民眾深沉的疲憊感同身受，還有多年來往返各邊界，目睹疏陋至極點的邊防，再加上親身赴亂事不斷的現場所體驗到的。剛開始只是一點一滴的模糊感覺，逐漸累積成確信。

指日可待了，朝鮮亡國之日。

這不僅僅是一個空泛的想法，而是一個用腳走遍疆土，對朝鮮有著無可比擬的深刻認識的人所感受到的強烈預感。即使他不斷地想否認，但在實地赴各地探訪，深入了解各方面實情後，這預感卻一再得到強化。在剛開始構思如何製作這五幅輓幛時，這亡國的預感就一直支配著他。不是五十年，也許不超過十年，不，甚至在十年之內，朝鮮完全覆亡也不令人驚訝。

「小民唯一的血肉，就是小女。」

他終於說出重點。

「小女，被右捕廳逮捕了。」

從事官從位置上起身。雖然從事官還有很多疑問，但他單刀直入地提出順實的事，使得從事官陷入相當為難的處境而無法追問其他。而一旦提出順實的事，剩餘的說明只能一瀉千里，從實說明到底。既然是天主教徒，若強行要求釋放，這超出從事官的職權，說不定從事官會馬上起身而去。

「我只請求……」

他兩眼直視著從事官。

「……只求讓小民見小女一面，不是要求大人饒小女一命。小女若死了，我這老朽也將跟著走上死路，一個地圖匠的一生當然也就終止了。」

他說著哽咽了一下，話也暫停了下來。

從事官身後房門後，陽光正烈，天上的雲很快地散開著。和國家的興亡相比，順實的生死根本只是個人私事。若是國家亡了，那地圖又有何用。原來「朝鮮」是日與月光明的合意，是世界上最光明的土地之意，這樣光明燦爛的國家即將滅亡，一想到這，他的心就無奈地崩潰了。

不知哪邊傳來一陣淒慘而尖銳的哭喊聲。

他一驚，伸手揉著眼尋索從事官的視線。大約是在審問罪囚，哭喊聲間續傳來。

就在此時，從事官肩後一個人推門而進，是誰呢？啊，是威堂的管家，只見那管家見到他，一臉詫異地停下腳步。不斷傳來的哭喊聲是女人的聲音。

風之路

房無門不可入，
人無路不可出。同也
——孔子，《論語》

凌晨時分。

晨曦即將穿透黑暗。他長久靜坐，好半晌後才直起腰，隨即握起筆。雖是早春，但凌晨時分庫房裡的空氣依舊陰寒。那握筆的手依然有力。

《大東地誌》共三十卷十五冊。

和《青邱圖》配套的《東輿圖誌》有二十二冊，配合《東輿圖》的《輿東備誌》也有二十冊，比較之下，《大東地誌》的篇幅反而少了。他明白這是此生最後的事業，因而投注所有的心血在編纂的工作上。地誌是將地圖上無法一一記載的人文、社會、文化、歷史等資料分門別類編輯而成的書籍。

他握著筆翻閱著。

手裡翻的是《大東地誌》第一卷。前面先是概括記載著地方沿革、古邑和山水地形方向等資料的部分，接著是記錄著國朝紀年的部分。他隨著朝代往下瀏覽，最後停在純祖的紀錄上。他出生時正是純祖在位時。接著是憲宗、哲宗和高宗。憲宗在位十五年，哲宗在位十四年，和他投注全部心力繪製地圖的時間大致吻合。

無數的記憶爭先恐後地冒出來，隨即又消失了。

他闔上眼，深深吸了一口氣，隨即將筆尖點在《大東地誌》的國朝紀年的最後一筆上。那時為了未可預測的人世變化預留下的空格，現在終於可以填上。筆一揮，筆勢如流水般一瀉而出。

主上殿下，元年甲子

中宮殿下閔氏

「主上殿下」指的是高宗，就是說，甲子年高宗登基後，隨即封閔氏為后。高宗迎閔致祿之女為王妃之前沒幾天，景福宮重建的工地起火延燒，連日大火將八百多間的木造建築完全化為灰燼，而王室婚禮就在次日舉行。婚禮前後正值天主教徒大量被捕處死，加上景福宮重建工地的毀於大火，人們自然是流言蜚語，怪談空論四起。百姓們多私下傳論，閔妃一進宮則王宮裡將無平靜之日。

不管如何，這《大東地誌》將是他此生最後的任務。

最後，該記錄的一定要記錄下來，閔妃便是這最後的一筆紀錄。記錄下高宗封閔妃為后的事實後，《大東地誌》就沒有可再增減的了。雖然比起之前編纂的《東輿圖志》和《輿東備誌》的篇幅小，但內容補充得更全面而完整，可以說在深度和廣度上都獲得擴充，光拿引用的書籍來說，中國史書方面就有《史記》到《明史》等二十二種，我們的史書則有金富軾的《三國史》和朴趾源的《燕巖外輯》等四十三種之多，全都是珍貴無比的資料。

「大哥，我們都準備好了。」

門外傳來幾聲乾咳，同時石頭說話的聲音也一併傳來。

「我也可以上路了……」

他俯視了《大東地誌》最後一眼。

最後記錄好高宗和閔妃的資料，總算感覺到《大東地誌》完成了。距太祖李成桂自封為王，以朝鮮為國號昭告天下，到現在（一八六六）算來已經四百七十四年了。王朝的歷史當然是由百姓的夢想和淚水交織成的，回首一看，自己苦難的一生也全在裡面。

燭火在風中飄搖，似乎就要熄滅。

半晌後，他合上《大東地誌》。他看見自己那如夢的人生也像那風中燭火一般飄搖不定。不，仔細一看，飄搖的是王朝。五百多年的王朝如同飄搖的燭火般岌岌可危。胸口掃過一陣狂風。

燭心幾乎燃盡，燭的壽命也將盡。

他拿起燭臺上的蠟燭慎重地放進一旁寫壞了的紙堆中。到達麻浦渡口之前，這燭火將燒盡，最後火將延燒到紙堆中。

別無遺憾了。

庫房裡金成日的下人背來的《大東輿地全圖》和他以畢生精力完成的無數地圖草圖，還有許多珍貴的書籍和別人繪製的許多珍貴的郡縣和全國地圖，都依照他平時的習慣整齊地整理好，甚至版刻用的木板和工具，還有製作拓本用的紙張都整齊地摺疊好。一個地圖匠的一生全在這裡面。一旦燭火燒盡，火蔓延開，這所有的一切都將化為灰燼。然而他擔心陷入感傷，不再一一巡視，只將最後完成的《大東地誌》放進準備好的行囊中，接著立起身來。

一打開庫房的門，一陣晨風吹得人一陣寒噤。

「爹……」

在外面等著的順實站在土廊臺上。

雖然九死一生地從右捕廳裡釋放出來後調養了些日子，順實臉上還處處是尚未結疤的傷口，並且消瘦無比。收拾行李時大概一直哭泣，順實的雙眼又紅又腫。為了活命而否定所崇拜的天主，那痛苦的記憶分明還在她心底深處啃噬著她。該感謝那真心地聽取他訴冤的右捕廳從事官，還有吩咐管家到右捕廳提供協助的威堂。

「這個另外收好。」

他把《大東地誌》交給石頭。

「惠岡在墨洞的宅邸你是知道的，我走了之後把這交給惠岡。這是配合《大東輿地圖》的地誌。」

「是，得快點走了，大哥。」

「你走前頭吧。」

背著背架的石頭走在前頭，他隨即跟上。

走出柴門，回頭一望，住了超過三十年的房子在黎明前的黑暗中蜷曲著，像一頭小獸似的，看起來很小。許久以前，留下順實一個人，自己到全羅道勘察的那天，和順實一起挖來種在門邊的棗樹如今已經茂盛到枝葉遮蓋住庭院的一角。若砍下來刨平，大概將八個道全刻上去還有餘。從頭頂囪門到鼻頭一陣溫熱傳過。即使一生顛沛流離，眼前這黑暗中小獸般的窩巢，畢竟是自己的根。

石頭背上的背架發出刺耳的聲音。

東邊天際的晨曦一點一點地探出頭。已經約好一條小木船在日出時出發，日出前得趕到麻浦渡口，時間不多了。

他走出棗樹的樹蔭。

順實一瘸一瘸地追在石頭後頭，不斷流著淚。還好順實還不知道驪州大嬸被處死的事。過了藥峴往翰林洞右邊走，就通往萬里齋。因為私自砍伐椵樹而被逮捕到漢城府的石頭就是在蓮花峰被帶走的，蓮花峰接連著萬里齋，往南展開。

「爹！」

順實嚎哭著，突然拉住他的手。

走在前頭的石頭也轉頭往藥峴望。果然，是火。地上的燭火終於燒盡，火勢蔓延，整個庫房都成了火海。越過三角山頂的強風橫掃過百嶽，呼呼地撼動著藥峴和萬里齋。連風向都正合適，庫房的火馬上就要延燒到堂屋的茅草屋頂。先是木版著火，接下來是那些珍貴的書籍和許多的地圖草圖，著火的似乎是他整個人生。正如他所預料，火花順著風，一瞬間就燒到堂屋。他咬緊牙，望著瘋狂竄燒的火勢，順實嚎啕的哭泣聲隨風飄散。

「沒時間了，快走！」

好半晌，他緊緊地握住順實的手。

庫房和堂屋成了一團火球。火光照亮了藥峴和翰林洞一帶，甚至連昭義門、崇禮門的頂端都被照得通紅。火花華麗而充滿活力。已經猜到是他故意放火的石頭此時也跟著順實用手背擦拭著淚水。

燒成灰燼的何止這些。

雖強拉著順實的手走，但庫房的火似乎延燒到他的心頭般，肉也著火，頭髮也著火，骨頭也著火。燒著的，不是庫房而是他。天明了，東邊天際透著紅光的晨曦似乎加劇庫房的火勢。昭義門、崇禮門，還有京城裡所有殿閣的輪廓瞬間一一浮現。恍惚間，他的身體成了蠟燭蕊心，點燃火花，漢陽城裡那眾多的殿閣都成為引火柴，延燒到天邊，這錯覺讓他心頭猛然一震。

吹過萬里齋頂的風聲遙遠而縹緲。

搭乘的是有兩個桅杆的小木船。

太陽升起。漢江水面上開始揚起金黃色的漣漪，艄公用力撐起船帆。船是經金浦往江華的私船，只要一過江華就轉進海路，天地將一瞬間變得遼闊無邊。

「往哪裡去哪，大哥？」

「這……只有風知道，我也不清楚。」

石頭在渡口上問，他站在船頭回答。

「回兔山嗎？」

「也許……」

「或者，去南海島？」

「也許……」

「可別去什麼間島、于山島還是對馬島哪。」

「呵，那也不一定……」

麻浦渡口的凌晨奔忙不已。他含混地回答石頭的話，還點點頭，看著碼頭上其他的人。漁夫們忙著拉起漁網，腳夫們在小路上擠擠挨挨，賣魚貨的熱絡地擊掌呼客。還有，一早趕著上哪的捕快，人群中汗流浹背地拉著牛車的車夫，抬著碩大新鮮的魚貨奔走著的魚貨販子。到處是往來的行人、背架、牛車、轎子和轎夫，天才剛亮的街道上一片混雜騷動，全都充滿活力。這裡的好風土，不只使得魚貨新鮮，更使人們活力充沛。

「大哥，以後靠啥過活呀？」

船剛動，石頭又開口問。

「這……畫地圖呀！」

他微笑著回答。

「哎呀，還畫那什麼地圖啊，能填飽肚子嗎？」

「以後，想把……風走過的道路，還有時間流逝的道路，都畫成我身體裡的地圖。很久以後……化身為古山，那道路就可以看見了。呃呵，最初我想繪出的，原來就是這樣的地圖。石頭，這一生我麻煩你太多了。」

「哎，大哥……」

說著船已經啟航，只剩下石頭在渡口上。

帆被風吹得獵獵作響。風很好。水面上風吹開了路，路又在風的盡頭消逝無蹤。他立在船頭，望著迅速遠去的麻浦渡口。

陽光透明而潔白。

那以後，世上再沒人見過他了。有人說，他活到朝鮮國運亡盡的乙巳年（一九〇五）左右，那時他已百歲有餘，在一一送走了一生中相互扶持的人之後才辭世。還有人說他早早就遁入選好的古山，享盡翠林精氣，過了百歲還如矯健如青年，整日笑顏常開。甚至有人說，他以尊奉菩薩的精誠之心感動了惠連師父，終於完成他們的愛情。但這些都只是不著邊際的空想罷了，唯一真實的是，國家雖然亡了，但他堅信不疑的那滔滔江水和高山峻嶺，果真生生不息，至今仍旺盛地存在，就如同日後生活在這片土地上的人們所看到的那樣。

附錄

韓國地圖的經典，大東輿地圖

楊普景

東方傳統思想中，視天、地、人三才為宇宙的根本，其中地是萬物形成的基礎，也是承載萬物活動的根據地，因而最受重視。國家行使統治權時，地也是一切基本物質的根源，因此有關地的一切法則，即地理，自古就受到探索與重視。地的法則可透過地圖和地理誌的形態而得以體系化，具體化。

朝鮮後期，隨著社會局勢的巨大變化，地圖的繪製在十八世紀英祖和正祖時有了長足的發展，其中最重要的成果是大縮尺地圖的發達。大縮尺地圖的製作促成大型地圖的出現，因此地圖就得以標示出更詳細、更正確的內容，因而地圖就更為豐富。朝鮮後期，不僅是國家，更有相當多的平民貢獻出個人的力量，共同為地圖的發展作出貢獻。最具代表性的即鄭尚驥先生及其後代，以及古山子金正浩先生。

金正浩先生是以朝鮮後期地圖製作的進步成果為基礎，總結朝鮮地圖學之大成的地圖專家。現在，金正浩先生的銅像高高矗立在韓國現代地圖製作的中心據點——國土地理情報院前，這正意味著金正浩先生是韓國歷史上最偉大的地圖繪製專家。然而，目前我們僅能推測出的是，金正浩先生大約生存於一八〇四到一八六六年之間，對其正確的生存年代，乃至身分背景等我們一無所知，如此，金正浩先生等於是一個神祕的謎，我們只能依靠留存至今的大量地圖和地理誌來證明其偉大的業績。

韓國地圖的金字塔，大東輿地圖

《大東輿地圖》是金正浩先生製作的最後一幅地圖，它是韓國地圖的代名詞，更是韓國地圖的經典。一八六一年（哲宗十二年）金正浩先生完成了最初的《大東輿地圖》，是為辛酉本，並在一八六四年（高宗元年）經過局部的修正後，完成了甲子本。《大東輿地圖》上繪有韓國全部國土，在包括金正浩先生所繪製的《青邱圖》、《東輿圖》等現存的朝鮮時代的地圖中，《大東輿地圖》是最大型的，橫四・二公尺，長六・七公尺。《大東輿地圖》的木版目前僅有國立中央博物館保存的十一張（地圖二十五面）和崇實大學基督教博物館保存的一張（地圖二面），木版地圖則在國內外有三十餘輯流傳著。

《大東輿地圖》是朝鮮時期最大型的全國地圖，同時也是以分帖摺疊式製作，是最便於收藏、攜帶與閱覽的地圖。《大東輿地圖》將全國國土從南到北以一百二十里為間隔，共分為二十二層，每一層成一帖，共成二十二帖，上下連接即成全國地圖。每一帖從東到西每八十裡作為一折，每一折都像屏風一樣可以摺疊。二十二帖一接合起來，地圖全貌就呈現眼前，每一帖可以像屏風般折合或者展開。《大東輿地圖》展開時，最上端部分有類似原稿紙的尺標，每十里縮成二．五公分，一面地圖東西寬八十里，縮成二十公分，南北長一百二十里，縮成三十公分。地圖上的縮尺一般用來推測距離，《大東輿地圖》每一面繪製著長一百二十里，寬八十里的地圖，是著眼於推測距離的需要而製作成的縮尺圖。分帖摺疊式地圖不僅便於收藏、攜帶、保管及閱覽，更可以依照需要，抽出需要的部分來使用。另外，可以對地圖的局部進行詳細的閱覽，也可以連接成全幅，具有可分可合的優點。

《大東輿地圖》之所以能廣受大眾的喜愛，最大的理由在於採取印刷方式，可大量印刷普遍供應大眾使用。木版本地圖並非始自《大東輿地圖》，且論詳細與豐富，《大東輿地圖》也非首選，但那些地圖受到手寫製作的限制而無法普遍流傳，只能收藏在民眾難以接近的王府或者官廳。正因為如此，對難以接近詳盡地圖的民眾來說，《大東輿地圖》無疑地是一個劃時代的里程碑。

在所有的木版本地圖中，最能展現木版的美感、鮮明度，還有無與倫比的精巧與高水準格調的，仍推《大東輿地圖》。精密的道路和江河水道，工整的文字和記號，充滿動感的山脈陵線，整體體現出一種高度的和諧感與絕佳的明晰度，這種版畫的美感是其他任何地圖所無法比擬的。從這一點看，金正浩先生不僅是偉大的地理學專家，更是卓越的雕刻家。

《大東輿地圖》被評為韓國地圖中最具專業水準的優秀地圖，這表示，《大東輿地圖》超越了東方自古傳承下來的地圖繪製的傳統。《大東輿地圖》大量縮減文字的使用，確立了以記號來標示內容的方式，展現了近於現代地圖簡練成熟的風格。金正浩先生創造出近於現代地圖中之「凡例」的「地圖標」體系，也就是地圖符號。在大東輿地圖第一層中收錄的地圖標裡，將十四項二十二種內容以地圖符號進行標示。大東輿地圖裡收錄的地名共計一萬一千七百六十餘個，因大幅縮減文字，因而能載入更多訊息，《大東輿地圖》內標示出的古縣、古鎮堡和古山城等幾乎就要淹沒的歷史遺跡，在此之前的其他地圖裡都沒能標示出來。

從內容和表現方式上看，《大東輿地圖》最大的特色在於對山嶽的獨特標示手法。山嶽是《大東輿地圖》最醒目的部分，其理由在於，金正浩先生以相連接的山脈繪出山嶽，並以不同的粗細來區分出眾多山嶽的大小和高低。分水界和山脈是人們認識賴以生存的地形地勢時最重要的因素，而這些都經由上述的方法在地圖上有了明確的呈現。

《大東輿地圖》具有無數的優點，但其中最值得矚目的是地圖上道路郡縣的分界線、烽火臺、驛院，加上千餘個島嶼、牧場，以及前面提到的歷史地理上的古代地名。還有特別值得一提的，是地圖上道路的獨特表現手法。《大東輿地圖》中的道路均以直線標示，這是史無前例，還有在木版本黑白地圖上因道路和河道區分不易，為避免混淆，在道路上每十里以標點標示出來。這十里間隔的點不但標示出地圖縮尺，更直接標示出距離，為地圖使用者提供了莫大的便利。

《大東輿地圖》在內容上以十五世紀以後各地方編輯的地誌為基礎，不僅收錄了豐富的資訊，更繼承並融合朝鮮後期持續發展而累積成的地圖學成果。金正浩先生綜合朝鮮後期高度發達的郡縣地圖、方眼地圖、木版地圖、摺疊式地圖、攜帶式地圖等由官廳與民間所完成的地圖成果，取各種地圖之長而成就了《大東輿地圖》的偉業。《大東輿地圖》最傑出之處，在其融合了朝鮮後期取得重大成果的大縮尺地圖兩大類別，即十八世紀以後，在民間獲得高度發展的全國地圖、道別地圖，以及官方主導製作的郡縣詳細地圖的成就，而成了兼具詳細、正確，一目了然等優點的大縮尺全國地圖。

在很多人眼中，金正浩先生是製作《大東輿地圖》的地理學者，然而實際上，他除了繪製《青邱圖》、《首善地圖》和《大東輿地圖》之外，更編製了《東輿圖誌》（二十二輯）、《輿東備誌》（二十輯）、《大東地誌》（十五輯）等三部綜合記載著各地資料的全國地理誌。可以說，他是一個先覺者，當時人們理解到地圖和地誌具有相互補充作用的概念，在他手上獲得實踐，是他以地理學的兩大範疇：地圖和地誌來完成這劃時代的創舉。而依據考察顯示，在金正浩先生結合地圖和地誌的過程中，崔漢綺、崔瑆煥和申櫶等人在物質和資料等方面提供各種形態的援助，這說明了金正浩先生在地圖和地誌上的成就，除了金正浩先生本人的才能之外，更結合了國家級的國土情報。

申櫶歷任高宗朝的三道水軍統制史、兵曹判書，一八七六年（高宗十三年）以判中府樞事的身分，代表朝鮮與日本簽定了江華島條約。他在其文集《禁堂初稿》中的〈大東方輿圖序〉中表示，自己對地圖深具興趣，曾將備邊司和奎章閣所藏的地圖和民間地圖一一進行對照，並參考眾多的地理誌，試圖製作完善的地圖，最後將此任務交予金正浩，並達成目標。申櫶是當時最具影響力的武官，如有他的協助，加上申櫶已確立製作正確地圖的目標，那麼金正浩先生定能自由地閱覽官府收藏的地圖，如此，金正浩先生就是以前人的努力為基礎，對既存的地圖進行細緻的觀察對照，然後才能完成如此卓越的地圖。換句話說，金正浩先生的地圖大業並非在全然沒有基礎資料的情況下進行。另外，在近來許多學者的研究中已經初步證明，歷來諸多關於金正浩被捕入獄，地圖被官府所奪等種種臆測，並無事實根據。

《大東輿地圖》是東方傳統地圖最終的金字塔，其理由是《大東輿地圖》裡內涵著朝鮮時代人們的國土觀和對地域的認識，並且以地圖學專業的方式將之作了明確的體現。

《大東輿地全圖》是將《大東輿地圖》進行等比縮小製作，縮尺比例約一比九十二，而其製作者和製作年代無可考，僅可知是《大東輿地圖》的縮略版。而此全圖中的山脈也和《大東輿地圖》一樣以獨特的方式繪製出來，山脈與山脈的連接處以鋸齒狀標示，還以粗細區分出山脈的大小。並且，該全圖中對山脈和河道並不作區分，而是以綜合的方式進行掌握，這說明了，該地圖是在傳統的山水分合原理之基礎上來認識地形的。

（本文作者為韓國誠信女子大學地理學系教授）

後記

揮別古山子金正浩先生

朴範信

我一直好奇著，古山子金正浩究竟是怎麼樣的一個人。

他真如傳聞中，九上白頭山，繪製了精密無比的地圖卻被誣陷為密探，最終死於獄中嗎？他可也有妻小家屬？可曾愛過？沉迷於繪製地圖的他如何營生？還有，他出生於何時何地，最終又是如何告別人世的？甚至，他是否因為信天主教而遭受迫害，或者染上什麼不可告人的疾病？

他到底為了什麼而沒將獨島畫在《大東輿地圖》上，讓主張獨島是日本領土的日本人找到口實？又為了什麼將中國和俄羅斯想強占為自國領土的鴨綠江下游江口的鹿屯島、豆滿江河口的薪島畫在《大東輿地圖》上，卻獨獨漏掉間島一帶？另外，對馬島和琉球又如何？在一百多年前，他到底用何種方式繪製出如此精準無誤，完全符合科學原理的縮尺地圖的？《大東輿地圖》的木版現在到底在何處？

還有，金正浩先生生存年代距今不過百餘年，他所繪製的《大東輿地圖》更在朝鮮時代廣為流傳，為什麼關於這地圖繪製者的出生地、生年和卒日，甚至祖籍等資料，歷史上沒留下任何紀錄？到底為何要如此頑強地對這一切保持緘默？

這本書，可說是因這種種歷史疑惑而生，屬於我個人的解答。如獨島的問題，在酒醉的蘭皋，別號金紗帽的金炳淵責問他的場面中，斷裂的歷史重新接合上。歷史上沒有留下任何記載的部分，則是融合創作者的想像力和人文學的洞察力而費心構想出來的。這作品是不是好作品，我不清楚，但我想強調，寫作過程我感到無比幸福。因為我確認到，在許多摯愛這人世而必須不斷抗爭的人們費盡心力才守衛住的廣袤疆土上，我和各位才能世世代代地延續下來，這讓人感到無比地自豪與安慰。而開拓我眼界的，正是金正浩先生。在感謝這本小說的讀者之前，我想先感謝因志高（高山子）而孤獨（孤山子），懷抱著傍古山（古山子）逍遙過日之夢想的金正浩先生，希望讀者能理解。

還要感謝提供出版機會的「文學社區」的所有成員，更要感謝誠信女子大學地理學系的楊普景教授。楊普景教授不僅不吝提供大量珍貴的資料，在寫作過程中我常因心急而魯莽無禮地以電話詢問，楊普景教授都不殫繁雜一一詳細答覆。

我對小說的愛與日俱深。願以這篇小說送走長久以來一直被我尊奉在內心最深處的古山子金正浩先生。因為已經有新的人物進駐到我的心裡，鞭促著我寫出他們的故事了。

LINK 32

古山子──《大東輿地圖》的奇蹟復活
고산자

作　者	朴範信
譯　者	李淑娟
總編輯	初安民
責任編輯	宋敏菁
美術編輯	陳淑美
校　對	潘貞仁　李淑娟　宋敏菁
發行人	張書銘
出　版	INK 印刻文學生活雜誌出版股份有限公司 新北市中和區建一路 249 號 8 樓 電話：02-22281626 傳真：02-22281598 e-mail : ink.book@msa.hinet.net
網　址	舒讀網 http://www.inksudu.com.tw
法律顧問	巨鼎博達法律事務所 施竣中律師
總代理	成陽出版股份有限公司 電話：03-2717085（代表號） 傳真：03-3556521
郵政劃撥	19785090 印刻文學生活雜誌出版股份有限公司
印　刷	海王印刷事業股份有限公司
港澳總經銷	泛華發行代理有限公司
地　址	香港新界將軍澳工業邨駿昌街 7 號 2 樓
電　話	(852) 2798 2220
傳　真	(852) 2796 5471
網　址	www.gccd.com.hk
出版日期	2022 年 6 月　初版
ISBN	978-986-387-572-7

定價　360 元

· 作品獲得韓國大山文化財團 The Daesan Foundation 翻譯及出版補助

國家圖書館出版品預行編目資料

古山子──《大東輿地圖》的奇蹟復活／朴範信 著. 李淑娟 譯.
--初版. --新北市中和區：INK印刻文學，2022.06 面； 14.8 × 21 公分. --（Link；32）
譯自：고산자
ISBN 978-986-387-572-7（平裝）
862.57　111005589

舒讀網